GENTOSHA OUTLAW BUNKO

獣に抱かれて

黒沢美貴

幻冬舎アウトロー文庫

獣に抱かれて

知性と美貌とエロスの女神・麻美

　窓の外には、高層ビル群が連なっている。

　西新宿の高級シティホテルの一室。麻美は黒革のボンデージにロングブーツ姿のまま、ルームサービスで届けられたシャンパンを堪能していた。

　麻美はまさに、〈咲き誇る薔薇《ばら》〉という表現がピッタリの、妙齢の美女である。肌は白くきめ細やかで、豊かな胸は熟れた果実のようだ。腰まで伸びたロングヘアはキラめき、全身からは花のような甘い香りが漂う。すらりと伸びた形の良い脚には、ピンヒールがよく似合っている。

　専属奴隷の石田が、バスルームから戻って来た。彼は都内の大学病院に勤務する、若き外科医だ。麻美は長く艶《つや》やかな髪を掻《か》き上げると、「そろそろ始めるわよ」、と眼を光らせながら微笑《ほほえ》んだ。

　そして、鋭く尖《とが》ったピンヒールの先を、奴隷の背中へと突き立てた。

「じょ……女王様、御調教、楽しみにして参りました。宜《よろ》しくお願い致します」

全裸で跪《ひざまず》いた石田が、頭を床に擦《こす》りつけながら、奴隷の挨拶をする。麻美はヒールの先をその背に更に食い込ませながら、厳しい口調で言った。

「ほら、まだ頭《ず》が高いのよ。あんたは奴隷なのよ、もっと平伏《ひれふ》しなさい。この麻美女王様に会えた喜びを、ちゃんと言いなさい！」

「は……はい。こんなにもお美しい麻美女王様の御調教を受けることができまして、醜い奴隷の分際で、ま……真《まこと》に、身に余る光栄と思っております。う……嬉しくて、涙が出そうでございます。どうぞ、女王様好みの奴隷へと仕立ててくださいませ。私、麻美女王様の為になら、命を捨てても惜しくありません……」

麻美は、奴隷の脇腹を思い切り蹴飛《けと》ばした。ううっ、という悲鳴を上げ、石田は床へと倒れた。憐《あわ》れマゾの性《さが》なのか、調教が始まったばかりだというのに、石田の男性自身は、激しく起立してしまっている。麻美は仁王立ちになり、その美しい顔に残虐《ざんぎゃく》な笑みを浮かべ、奴隷の股間へと鞭《むち》を振り下ろした。ギャッ、という叫びを上げるが、石田の激しい勃起は治まらない。

「お前は女に虐《いじ》められて、何をそんなに興奮しているのよ。ねえ、この変態マゾ男！　私の鞭が欲しくて、今日も会いに来たんだろう？　この変態男！」

麻美の真紅の唇から〈変態〉という言葉が出るたびに、石田はビクッと身体《からだ》を反応させ、マゾの陶酔《とうすい》を味わうのだった。

「は……はい、そうです。麻美女王様。女王様の鞭が欲しくて欲しくて、堪《たま》りませんでした。毎日、麻美女王様に鞭で打たれることを想像しては、オナニーしていました」

麻美は軽蔑《けいべつ》しきった表情になると、奴隷の手の甲を、ピンヒールの先で踏みつけた。グラマラスな肉体の彼女が全体重を掛けるように踏み潰《つぶ》すと、石田の手には血が滲《にじ》んだ。しかし、奴隷がいくら悲鳴を上げても、麻美は力を加減しない。呻《うめ》きながら見上げると、狂気めいた表情で微笑んでいる麻美の姿が、石田の目に入った。

（なんて……、なんて美しいのだろう。麻美女王様はもともと色がお白いが、残虐性が増すと、その肌がますます青白く透き通って見える。まるで、中世の時代にヨーロッパに実在した伯爵夫人のようだ。少年少女を攫《さら》ってきては虐殺して、若く新鮮な血を肌にすり込んでいたという……。この方こそ、本物の女王様なのだ）

石田は麻美に手を踏み潰され、激痛を感じながらも、そんなことを考えていた。そして股間は、痛みによる悦楽で、ますます起立した。

「私に鞭で打たれることを考えてオナニーしてたですって！　お前、奴隷の分際で、ふざけるのもいい加減にしなさい！　誰が勝手にそんなことをしていいって言ったの？　そんなことを言って、私が喜ぶとでも思ってるの？　汚《けが》らわしい。ああ、汚らわしいわ！　奴隷の分際で、お前はなんて身の程知らずなの？　そんなヤツは、こうしてくれるわッ」

麻美は冷たい表情で言い放つと、手に持っていた乗馬鞭を石田の背へと振り下ろした。

「ああ、汚らわしい。この変態男、ブタ男！」

麻美は一発一発に満身の力を込め、立て続けに打った。石田は凄《すさ》まじい悲鳴を上げ、その背は瞬《また》く間に薔薇色へと染まってゆく。激しく鞭打ちながら、麻美はいい知れぬエクスタシーを感じていた。振り上げた乗馬鞭が宙を切り、ヒュンという音を立てて奴隷の背中に食い込む瞬間、彼女の身体には電流のような快楽が走る。そしてその麻美の悦《よろこ》びが分かるかのように、石田の身体も反応した。「変態男、ブタ男」と口汚く罵《ののし》りながら、麻美は狂気の笑みを浮かべて、鞭を立て続けに振り下ろした。

「あっ、ああん。女王様ぁ、背中、背中が感じるんですぅ。ああん、背中が気持ちいいッ」

石田は、雄犬のような可愛らしい声を上げて、マゾヒズムの快楽に陶酔してゆく。そのような姿を見て、麻美の心の中には、この変態外科医に対する侮蔑《ぶべつ》と嘲笑《ちょうしょう》がますます浮かんだ。

「ふん。お前のこの姿を見たら、お前の患者って、どんなふうに思うのかしらね。お前、普段は『先生、先生』って言われて威張ってるんでしょう？　おーっほっほっほ、そんなお前のプライドなんて、カスみたいなモンなのよ。そうでしょう？　今、お前はこうして私の前に平伏して、ただの変態に成り下がっているんだもんね。きゃーっはっはっは！　私、お前みたいな奴隷を見ると、もっともっと虐めたくなってくるの。もっともっと、私の前に平伏させてやりたくなるの！」

　麻美は自分の身体の中に、〈真性サディスト〉の血が沸き立ってくるのを感じながら、鞭を打ち続けた。

（こんなに自分の性癖と趣味に合ったことをしてお金が稼げるなんて、ふふ、これだから女王様って止められないのよね）

　二人ともエキサイトしていた。このまま鞭打ちを続けていると石田が我慢できなくなって射精してしまいそうだったので、まだ虐め足りない麻美だったが、ひとまず鞭から解放してやった。

　激しい鞭の衝撃にうずくまっている奴隷を無理やり立ち上がらせると、麻美は赤い縄で亀《き》甲《こう》縛りを施した。そして高層ビルが映っている広い窓へと、引っ張って行った。

「さあ、お前のその醜くて恥ずかしい恰好を、皆に見てもらうのよ。ふふ、隣のビル、まだ灯《あかり》がついているでしょう？　ほほほ、まさかこのシティホテルの一室で、こんな変態プレイに興じている医者がいるなんて思わないでしょうね！」

　麻美は高笑いをした。そして細くしなやかな指で、石田の起立したペニスを扱《しご》いた。奴隷のペニスの先端からは、白く透明な液体が溢《あふ》れている。麻美の指に、先走った液がつく。そのとたん彼女の顔から微笑みが消え、怒りに満ちた眼で、石田の頬を平手打ちした。

「よくも、お前の醜い液で、私の指を汚したわね！　舐《な》めなさい！　ほら、自分の液を綺麗に舐めるのよッ！」

麻美はそうヒステリックに叫ぶと、奴隷の口の中に指をねじ込んだ。石田は苦悶《くもん》の表情で、粗相《そそう》してしまった自分のカウパー液を舐めた。我慢しきれず零《こぼ》れてしまった液体の味はしょっぱく不快だったが、その味が消えた後の麻美の指は甘く、石田は恍惚《こうこつ》の表情でしゃぶった。

「気持ち悪いわねッ！　いつまでも舐めてるんじゃないわよ！　もう頭にきた。お前みたいな変態の奴隷、こうしてやるわ。そこに横になりなさい！」

麻美は石田をベッドの上に仰向けに寝かせると、手と足に枷《かせ》をつけ、身動きできないようにした。そして、その豊満なヒップで押さえつけるように、奴隷の顔の上に座った。

「ふん、これでもう動けないわね。ふふ、お前を窒息死させてあげようか？　でもよく恥ずかしくないね、お前。女に顔の上に座られて」

石田は麻美の白く熟れたヒップの下で何か言うのだが、豊かな尻で押し潰されてしまっているので、何を喋《しゃべ》っても「ふがふが」としか聞こえない。そんな石田が面白くて堪らないといった表情で、麻美は顔に跨《また》がり激しく腰を振った。奴隷の鼻がクリトリスに当たると気持ちが良いので、そこに自分の敏感な部分を擦りつける。石田は我慢できず、枷のついた手を自らのペニスへと這《は》わせ、扱き始めた。先端の部分は、麻美を不快にさせた液体で、ヌラヌラと濡れている。

「何やってんのよ。勝手に扱くんじゃないわよッ」

麻美は怒鳴り、ヒステリックに高笑いをした。

「ふ……ふみまへん」

麻美の尻の下で、石田が素直に謝った。九十センチはあろう、白くむっちりとした彼女の魅惑的なヒップに敷かれているのだ。マゾの男ならば、手が動かないほうがおかしい。麻美はクリトリスを石田の鼻先に押し当て、腰を揺すっているうちに、達しそうになった。何よりも、青年外科医の顔に跨がり、征服し、その鼻先を自分の自慰の道具にしているという状況が、彼女を興奮させるのだ。

「ああ、私、イキそうだわ。ふふ、お前なんて何の役にも立たない人間だけれど、女王様のオナニーの道具にはなれるのね。何？　お前、今、どんな顔してるのかしら？」

麻美は屈辱《くつじょく》の状況にいる奴隷の顔を見る為、一度、腰を浮かした。息苦しかったのであろう、石田は顔を紅潮させ涙目になっていたが、恍惚とした表情をしている。麻美は奴隷を見下ろしたまま侮蔑の笑みを浮かべ、またその顔の上に深々としゃがみこんだ。そして以前にも増して、クリトリスを石田の鼻に擦りつけ、激しく腰を動かした。

「ああ、イクわ。いい、ちゃんと女王様をイカせるのよ。分かってんの？　ちゃんと気合を入れて、イカせなさい！　あ……あッ、あ——ッ」

石田は麻美のヒップに敷かれながらも、鼻先を突き上げるように必死で動かし、クリトリスを刺激した。イキそうになると、彼女は弾力のあるむっちりした太腿《ふともも》で、奴隷の顔を挟《はさ》み込んで締めつける。その重圧と息苦しさと、そして官能に、石田は鼻血が出そうだった。そして麻美は溜《た》め息とともに、奴隷の顔の上で達した。ボンデージに遮《さえぎ》られてはいるが、麻美の秘部から甘く透明な蜜が溢れていることが、はっきりと分かる。もう限界だ、石田は自らも達しそうになるのを必死で堪え、麻美にねだった。

「女王様。お願いです。女王様の大切な部分を、私の舌で清めさせてください。女王様の蜜をください。何でも仰《おつしや》ることを聞きます。あとで鞭を五百回でも千回でも、女王様が御満足なさるまで受けます。だから、私の舌で、御奉仕させてください。お願いです」

石田は、涙声になっていた。麻美は意地悪な笑みを浮かべて、「どうしようかしら」などとちょっと悩んだフリをしていたが、ボンデージのボタンを外すと、素のままの秘部を奴隷の口へと押し当てた。石田は歓喜の声を上げ、チュウチュウと猥褻《わいせつ》な音を立て、蜜を啜《すす》った。

「ちょっと、イッたばかりでくすぐったいから、あんまりソフトには舐めないでよ。……バカッ、それじゃあ痛いでしょ！　お前は加減というものを知らないのッ、このバカ！」

麻美はそう叱責《しっせき》し、奴隷の乳首を、伸ばした爪で思い切りつねった。

「ふ、ふみまへん」

石田は素直に謝り、強くなく弱くなく、微妙な加減で麻美の秘部を舐めた。麻美は奴隷の舌遣いに満足し、顔面騎乗をしたまま気怠《けだる》い表情で煙草を燻《くゆ》らせた。

石田のペニスは膨れ上がり、もう我慢の限界だった。でも、手を這わせると麻美が煙草の火を押し当てようとするので、触ることができず、官能の苦しみを感じていた。蜜を啜られているうちに、麻美は不意に尿意を催した。ニヤッと笑うと、麻美は腰を再び大きく揺さぶり、尻の下の奴隷へ告げた。

「ねえ、女王様、おしっこがしたくなっちゃったわ。いい？　お前、一滴も残さずに飲むのよ。お前の大好きな、女王様の御聖水を恵んであげようっていうのよ。ほらあ、有難いでしょう？　いい、少しでも零したら、殺すわよ。ふふ、さっきシャンパン飲んだから、シャンパンの味がするかもしれないわね。いい？　お飲み！」

麻美は下腹に少し力を入れ、放尿した。初めはチョロチョロとしか出ないが、次第に激しい勢いで迸《ほとばし》る。石田は、いつもより少し濃い麻美の聖水を、喉を鳴らして飲んだ。初めはそのアンモニア臭で胃から逆流しそうになるが、麻美の悩ましい肉体を通過して排出されたものだと思うと、不思議に甘美な糖蜜《ネクタール》のような味がしてくる。彼女の魅力的なヒップの触感と、聖水という御馳走と、この目眩《めまい》がするほどの甘い屈辱で、石田は堪えきれなくなった。そして自ら擦ることなく、猛《たけ》り狂った男性自身を自然に暴発させてしまった。ペニスの先端から、粘り気のある白濁した液体が迸り、シーツを汚す。麻美は奴隷の粗相を見て、露骨に嫌悪の表情を浮かべた。

「自分の手も使わずに自然にイクなんて、お前は何て嫌らしい奴隷なの！　おまけにシーツまで汚して！　よく恥ずかしくないわね、ちゃんと自分で綺麗に後始末なさい！」

そうヒステリックに言い放つと、麻美は石田の顔の上から離れ、ベッドから下りた。そしてソファへと腰掛け、すっかり気の抜けてしまったシャンパンを啜った。石田は女王の言いつけ通り、背中を丸めながら、ティッシュで粗相の後始末をする。

麻美はネオンが眩《まぶ》しい夜景へと目を移し、

「その後片付けが終わったら、鞭打ち三百発よ。勝手に粗相した罰だからね」

と、冷酷な笑みを浮かべて言った。

「は……はい、分かっております。あの……麻美女王様、もしお時間がありましたら……その、鞭が終わりましたら、いつものようにお食事御一緒できませんでしょうか？　フレンチを予約しておきました。罰はちゃんと受けますので、どうかお付き合いくださいませ……」

グルメの石田は、麻美の為にホテル内のフランス料理の店の予約をしていたのだ。麻美は「別に一緒に食事しても構わないわ」と言い放つと、乗馬鞭を立て続けに奴隷の背に振り下ろした。一度快楽にまで達してしまったあとの鞭打ちは、キツイものである。ザーメンを迸らせる前の鞭の痛みとは、比べ物にならない。鞭が宙を切り、ヒュンと音が聞こえるたび、石田は逃げたくなった。四つん這いになって鞭を受けながら、石田はそれでも我慢した。

時折顔を上げると、残虐な笑みを浮かべた麻美女王の、麗《うるわ》しい姿が見えた。石田は、彼女に嫌われたくなかった。美人で教養もある、真のS性を持った麻美のような女王様には、なかなか巡り会うことができない。石田は麻美を失いたくなかった。だから、彼女の言うことには絶対服従を誓うのだ。三百回の鞭打ちが終わると、石田は壊れかけた身体で麻美の前に跪き、頭を床に擦りつけて調教の礼を言った。

「あ……有難うございました。素晴しかったです、麻美女王様。麻美様は、最高の女王様です。ほ……本当に、麻美女王様の御調教を受けることができて、幸せです。……また、宜しくお願い致します」

麻美は奴隷の青褪《あおざ》めた頬を軽く打つと、「私も楽しかったわ」と言って、鼻で笑った。石田は麻美の脚にしがみつき、涙を零して懇願した。

「お願いです。麻美女王様、もう、麻美様無しでは生きて行けません。私を捨てないでください……」

麻美は視線を窓に移し、煌《きら》めく夜景を見ながら、冷たく言った。

「ふん、どうしようかしら。飽きたら、捨てるかもしれないわ。お前みたいな醜い奴隷なんか」

石田はその言葉に震え、「お願いです、お願いです」と、彼女の脚に更に強くしがみついた。麻美は奴隷を乱暴に振り払うと、その背にピンヒールの先を突き立て、言った。

「それは私の勝手。ふふん、私は女王様なんですもの。身分違いなのよ、お前とは」

女王様の目覚め

麻美は緑の眩しい並木道を、ボディコンシャスな服装で意気揚々と歩いていた。手には、近くのインターナショナルスーパーマーケットの買い物袋を下げている。胸元が大きく開き、太腿も露《あらわ》なミニワンピースを纏《まと》った麻美の恰好は、緑豊かで落ち着いた趣のある街にはいささか不釣り合いだ。でも彼女は、そのようなことは気にも留めない。

沢井麻美は、東京都下のK市に住んでいる。都下といってもK市は閑静な高級住宅が連なる街で、そこに住んでいると言えば一種のステイタスだ。今年二十八歳になる麻美は、奢侈《しゃし》なマンションで独り暮らしを楽しんでいた。

薔薇のような美貌の麻美は、多くの奴隷達に傅《かしず》かれ、いわゆる〈女王様愛人〉として華麗な生活を送っている。といってもSMクラブに所属しているわけでもなく、秘密サークルで知り合った、金持ちのエリート・マゾ男性達が相手だ。


麻美のS性は既に幼い頃に芽生えていた。裕福な家庭に生まれた彼女は、蝶よ花よと小さい頃から甘やかされて育てられた。幼い頃から「可愛い可愛い」と言われ、本当に人形のように愛らしかった麻美は、いつも自分が脚光を浴びていないと不満な子供だった。中学・高校とエスカレーター式の私立のお嬢様学校に通い、名門の私大のフランス文学科を卒業した。

彼女の美貌は歳《とし》を追うごとに磨きが掛かり、大学時代は大きなイベントのコンパニオンや、女子大生の永遠のバイブルである雑誌のモデルを務めもした。また大学二年生の時には〈ミスK大〉にも選ばれている。

そして、彼女が本格的な〈SM〉というものに目覚めたのもこの頃だ。もともと派手好きの麻美は、小遣いには全く不自由していなかったが、興味本位で銀座のクラブでホステスのアルバイトをしたことがある。そこには若きエリート社員やスポーツ選手やタレント、業界人などが集まり、彼らにチヤホヤされるのは、彼女の自尊心を大いに満足させた。特に麻美を贔屓《ひいき》にしたのが、当時ゴルフ場やマンションを経営していた五十代も半ばを過ぎた男で、彼がマゾヒストだったのだ。

近寄って来る男には事欠かなかった麻美には、当時、恋人は当然いた。そして、もちろん麻美は既に処女ではなかった。彼は、竹内という、銀行に就職が内定していた経済学部の先輩だった。麻美にとっては初めての男だったが、彼女はセックスというものが決して好きではなかった。初めてセックスをした時、麻美は何かが違うと思った。まず、正常位での体位が不愉快なのだ。

(何で私がこんな蛙みたいな恰好をしなくてはならないの)

麻美は行為の間ずっと、そう心の中で呟《つぶや》いていた。そして、彼の男性自身が膣の中に入っても、全く気持ちが良くない。竹内は持続力もなく早漏気味で、何度か試してはみたが、彼の一方的なセックスに、麻美はうんざりしてしまった。何よりも、膣が感じないということが、決定的だ。麻美は次第に、竹内から誘われても、セックスを避けるようになった。

竹内と付き合おうと思ったのは、一応将来的に有望であるし、親の脛《すね》かじりとはいえリッチだった為、豪華なデートが堪能できるからだった。でもクラブでアルバイトをするようになって、もっと高級な店に連れて行ってくれる人や高価なプレゼントをくれる人が現れると、麻美は竹内自体を避けるようになった。竹内には、もう用が無い。別れは、彼女のほうから告げた。「いったい僕の何がいけなかったんだ」と詰め寄る竹内に、「性格の不一致よ」と麻美は言った。心の中で（性の不一致よ）と、呟きながら。

麻美を贔屓にした中年の実業家は森尾といい、来るたびにプレゼントやチップを渡した。しかし森尾は決して、店の中で麻美に触れたり、彼女の手を握ることはない。いつも麻美を指名して傍《そば》につけ、ありとあらゆる賛美を述べ、眺め回してはニコニコとしていた。

「麻美ちゃんは、綺麗な脚をしているねえ。細過ぎず、太過ぎず、いいラインをしている」

そう言って、森尾は盛んに麻美の脚を褒めた。彼女にとって印象的だったのは、このことだった。麻美は当時から、豊かな胸を強調させる服を、好んで着ていた。それゆえ、彼女に対して肉体的な賛美を述べる時、大抵の男はまず胸を褒め讃《たた》えた。しかし、森尾は違った。初めから麻美の胸については余り触れず、脚を盛んに褒めたのだ。森尾の麻美の脚に対する執着は半端でなく、足のサイズを聞き出すと、サンローランやシャルルジョルダンのピンヒールを、しきりに彼女にプレゼントするようになった。

出会って三ヵ月ほど経《た》った頃、森尾に初めて休日の店外デートに誘われた。

「美味《おい》しいフレンチを食べに行こう。絶対に麻美ちゃんの嫌がること、しないから。僕を信じて」

麻美は少し躊躇《ちゅうちょ》したが、普段の彼の態度を知っていたので、赤坂のホテルでの食事を承諾した。

夜景の眩《まばゆ》いレストランで牛フィレを食べながら、森尾は言った。

「どうしてもお願いしたいことがある」

麻美は、(ついに来たな。どうやってかわそうかしら)と思いながら、「何でしょう」と訊《たず》ねた。森尾は彼女の眼をじっと見つめると、低い声で静かに言った。

「君の足を舐めさせてくれ。それだけでいいんだ。セックスなんて、絶対にしない。お礼はきちんと払わせてもらう。だから、お願いだ。麻美ちゃんの足を、舐めさせてくれ」

麻美は驚いて、目を見開いた。森尾は続けた。

「実はね……。フランス文学専攻なら知っていると思うが、僕は、〝マゾヒスト〟の気《け》があるんだよ。そう、あのサド侯爵の、反対だね。ハハ……。僕は君を、ずっと、根っからの女王様気質を持った女性だと思っていた。麻美ちゃん、君は人から、特に男からチヤホヤされるのが好きだよね。それにいつも自分が注目されていないと気が済まない。そして、人が自分の思うようにならないと気が済まない。だって、麻美ちゃんは、お客さんにだって、気に喰わないことがあると喰って掛かっていくからね。ハハ……よく観察しているだろう。それに何よりも、自分に自信がある。君は美しくて、賢い。それは誰からも言われているだろう。ホステスなんて興味半分でやっていて、もともとお家がいいから、我儘《わがまま》に育てられている。困ったことか喜ぶべきことか、君の性質は、まさにS女性のものなんだよ。僕はこう思うんだ。サディスティックな人間には二つのタイプがある。一つは他人が嫌がることや悲しむことを無理やり言ったりしたりして、相手が傷つくのを涎《よだれ》を垂らして喜ぶような人で、これは虐めっ子だった人に多いと思うんだ。もう一つは、とにかく自分中心に世界が回っていないと気が済まないタイプ。異性にチヤホヤ、ペコペコされ、跪かれて崇《あが》め奉《たてまつ》られて、相手を思い通りにするのに悦びを感じる、女王様タイプの人。まさに、麻美ちゃん、君のことなんだよ」

麻美は、食事をする手を休めて、じっと森尾の話に聞き入っていた。マゾヒスト、サディスティック、女王様といった言葉が、彼女の脳の中に、不思議な甘美さを持って伝わってきた。

女王様、まさに、私。麻美の身体の中を、電流が駆け抜けた。

……それから一時間後、森尾が予約していた部屋で、麻美は彼に足の指をしゃぶらせていた。森尾は部屋に入ると直《す》ぐに、充分な小遣いを彼女に渡した。そして、躊躇している麻美を優しい言葉で落ち着かせると、跪いて、その脚にすがりついた。

「女王様あ、女王様ぁ、素敵なおみ足ですぅ。このおみ足で、僕を思いのままに踏んづけてください」

さっきまでとは打って変わった甘えた声を発する森尾のその変貌ぶりに初めは驚いたものの、男に跪かれて「女王様」と言われることが、麻美は目眩がするほど愉《たの》しかった。ＳＭのことなど何も知らず、雑誌もビデオも観たことの無かった麻美が、その時、思わず森尾に発した言葉は、こうだった。

「ふふん、何よ、変な声出しちゃって。女王様に踏んでもらいたいなら、女王様をちゃんと楽しませることね！」

強い口調でそう言うと、麻美は脚で森尾を振り払った。森尾は「あっ」と叫び声を上げて床に倒れたが、潤んだ目で彼女を見上げ、満足げに言った。

「やっぱり、思った通り、貴女は女王様だ」

麻美は笑みを浮かべると、面白い遊びでも見つけた子供のような無邪気さで、倒れた森尾の口の中へと足を突っ込んだ。ふぐふぐ、としか言うことができない森尾が滑稽《こっけい》で、麻美は高笑いをした。

これがSMというのか、なんて面白いのだろう。男に跪かれて「女王様」と言われ、お小遣いまでもらえるなんて。セックスより、ずっと楽しいわ。私には、合っている。森尾の生暖かい舌が、足の指の間をナメクジのように這う。麻美はセックスなどよりはるかに良い、奇妙なエクスタシーを得ていた。自分の中で、女王というアイデンティティが確立されてゆくのを感じた。

麻美は、竹内にクンニをされた時より、森尾に足の指を舐められた時のほうが、官能を覚えた。ソファにゆったりと腰掛けてシガレットを燻らせながら、彼女は森尾に、足の指と裏を二時間近く舐めさせた。森尾は幸せそうな笑みを浮かべ、恍惚として、麻美の足を舐め続けた。二時間のあいだ、彼の股間は激しく直立したままで、決して萎《な》えることはなかった。

女の足を舐めるだけで、このように興奮する男が存在するということを、麻美は不思議に思った。これが、マゾヒストというものなのか……。でも彼女は不快に思わず、初めて知る妖《あや》しい世界に、いつの間にか引きずり込まれていた。

麻美と森尾の〈女王様と奴隷〉の関係は、こうして始まった。いわゆる援助交際で、紳士の森尾は、プレイするごとに麻美にきちんと調教料を払った。森尾は彼女をSMの秘密サークルなどにも連れて行くようになった。フランス文学を学んでいた麻美は、サディズム、マゾヒズム、フェチなどといった言葉にも、さして抵抗はなかった。もともと麻美は、秘密めいたことに魅《ひ》かれる性質なのであろう。

そのサークルには、女装ゲイやレズビアン、露出狂なども集まり、麻美はそのような妖しい趣味を持つ人々を、好奇に目を輝かせながら見ていた。そのサークルには、スカトロ狂の歯科医、女装露出マニアの大学教授、女性の使用済み下着を三百枚集めている変態オナニストの一流商社マンなどもいた。麻美は森尾とだけではなく、次第に他のマゾヒスト達ともプレイをするようになった。森尾はそのことに関して、何も言わなかった。そのサークルの他のマゾ男性もそうであったが、皆、プライベートの生活というものがあり、その部分には互いに入って来て欲しくない。それゆえ、森尾は麻美に調教料を必ず払ったし、つまらない嫉《しっ》妬《と》心で彼女を束縛するようなこともしなかった。他のマゾ男性も同様で、プレイ代を払うということで割り切った関係にしていたが、麻美にはそれがとても心地良かった。

新しい世界を知って、麻美は次第に変わっていった。性格はますますキツくなり、高飛車になった。大学では「美人。お嬢様」と言われ、放課後は「女王様」と言われる生活では、当たり前だ。足の指を舐めさせたり、鞭で打ったりするだけで、高収入まで得られ、おまけに男からは始終チヤホヤされる。麻美は、馬鹿らしくなったので銀座のクラブを辞め、女王様のアルバイトに精を出すようになった。

だが、彼女はSMクラブなどには所属しなかった。クラブに在籍すると、初めはM女をさせられると聞いたからだ。麻美は、自分がMをしている姿など、想像できなかった。森尾に、「これを読んでお勉強なさってください」と渡されたSM雑誌に、M女が載っていた。性器も露に縄で縛られ、猿轡《さるぐつわ》を噛《か》まされ、秘部にバイブを挿入《そうにゅう》されている写真を見て、麻美は吐き気がした。それに比べて、男を踏みつけている女王様達の美しいこと！　麻美は、Mは死んでも自分にはできないと思った。もし、こんな屈辱的な恰好をさせられたら、相手の男を殺してしまうかもしれないとさえ、思った。

よく出入りしていたサークルにもマゾの女性達はいたが、麻美から見ると皆、少し頭が足りないように感じた。その容貌だって、女王様に比べれば、はるかに見劣りがする。雌豚、とはよく言ったものだわ。麻美は、M女達を鼻で笑い、見下していた。SMクラブでM女として働いているという愛らしい女性の前で、

「へー、お金もらってあんな屈辱的なことをされて、よく平気でいられますわね。お金もらえるんなら、何処《どこ》の誰とも分からないような男に鞭で打たれても、ローソク垂らされても、お尻でファックされても、大丈夫なのお？　私、そんなことするんだったら、死んだほうがいいわー。その逆ならいいけどねー。きゃははっ！」

と言い放ち、そのM女を泣かせてしまったこともある。さすがに言い過ぎだと周りに咎《とが》められたが、麻美のM女に対する軽蔑は直らない。そしてその麻美の冷酷な視線にゾクッと興奮してしまうマゾ男性も、後を絶たなかった。

麻美はM女の経験が無くても、女王の役回りは充分にできた。

「麻美女王様の天性の賢さと、真のS性ゆえでしょう」

奴隷達は口々に言った。彼女は、そのプレイにおいても、遠慮するということをしなかった。鞭を振るえば、自分が満足ゆくまで相手のことなど考えず、思い切り打ちのめしてしまう。そしてそれが、真のM男性にとっては堪らない魅力だった。麻美はプレイ以外の時も、我儘だった。女王様を始めてからは、根っからの我儘な気性に更に磨きが掛かった。荷物などは全て持たせるし、レストランなども高級店でなければ「さよなら」と帰ってしまう。普通の男ならとてもついてゆけないだろうが、紳士的マゾヒストの男達は、こんな麻美が愛《いと》しくて仕方がなかった。彼達は麻美に贈り物を捧げ、口々に言った。

「麻美女王様、もっともっと我儘でいてください。僕を翻弄《ほんろう》してください」

多くの紳士達に傅かれた彼女の美貌は、ますます艶《あで》やかになった。

就職は、大手商社に決まった。大学の廊下で麻美の苦手なオールドミスの教授とすれ違った時、呼び止められ、彼女に言われた。

「貴女みたいな我儘な人に、ちゃんと社会人が勤まるのかしらね。ま、ボロを出さないように頑張ってね」

麻美は軽く会釈をすると、ヒールを鳴らして尻を揺さぶって、女史から離れていった。心の中で、（ふん。うるさいわね。オバサンが）と罵りながら。しかし、さすがは大学の教授である。彼女の予言は当たった。

麻美は陽の光を浴び、背筋を伸ばして、颯爽《さっそう》と歩いた。長い髪が風に靡《なび》き、陽に当たって煌めく。豊かで艶《なま》めかしい肢体は、華美な洋服の下で弾む。麻美は、すれ違う人が自分を振り返って見ることが、堪らなく嬉しい。麻美はいつも胸を張り、顔を上げ、そして腰を少し振って、真っ直ぐに前を向いて歩いた。男性の中には、彼女とすれ違うだけで、黙って頭を下げ礼をする紳士もいた。街を歩いていて、高級なスーツに身を包んだ男性にそうされることが、麻美は好きだった。

彼女の女王様オーラというものは、黙っていても出ているようで、街でナンパをして来る外人は、〝You look like a Queen〟と声を掛けた。デパートを歩いている時、すれ違った男性がハンカチ片手にいきなり麻美の足元に跪き、「お願いです。貴女のそのハイヒールを磨かせてください」と、頭を床に擦り付けて懇願したこともあった。女性というものは、常に褒められていると、美しくなるものだ。そしてその自信が、麻美をますます堂々とさせ、女王様としての風格を漂わせた。その高慢さも、彼女の抗《あらが》えない魅力なのだ。

麻美が住むマンションは、駅からはそれほど離れてはいず、歩いて七分ぐらいだ。今、マンションの近くで、スーパーを作る為の工事をしていた。麻美は、その工事現場の近くを歩くのが嫌であったが、そこを通らなければ家には帰れない。

工事現場では、朝早くから夕暮れ時まで、汗臭そうな汚い身なりの男達が泥だらけになって働いていた。そして麻美が近くを通るたび、その男達は仕事の手を休め、艶めかしい姿の彼女のことをまるで……そう、獲物に飢えた獣のような眼で見るのだ。麻美には、それがはっきりと分かっていた。彼女は、視線というもの、特に男の視線に対しては敏感だ。休み時間などで何人か集まってつるんでいる時、麻美が傍を横切ったりすると、男達は話をとぎらせ、一斉に不躾《ぶしつけ》な視線で彼女の肉体を舐め回すように見た。小汚い獣のような男達の視線は、さすがの麻美も少し怖かった。男達は、その飢えた、えぐるような視線で、麻美を犯しているかのようだ。男だらけの仕事場で、朝から晩まで肉体労働である。そんな彼らにとっては、刺激的な洋服を纏い、乳や尻を大きく振って通り過ぎる彼女の存在は、淫《みだ》らな妄想をかきたてるに充分だった。

麻美は、今日も何人もの男……特に若い男達の獣の視線を感じながら、工事現場の横を足早に通り過ぎた。麻美は彼らに見つめられると、不快さを露にした。

(私を誰だと思っているのよ。いつも不躾に人のことを舐め回すように見て。あんた達みたいに汚い肉体労働者なんか、私は、はなっから相手になんてしていないのよ。馴れ馴れしく人のことを見ないでよね。私とあんた達とでは、住む世界が違うんだから)

……彼女は心の中でこう呟いて、彼らと決して目を合わせず、いつもの女王様然とした態度で行き過ぎた。一人の大柄な若い男が仕事の手を休めて自分を熱い目で見ていることに気づいたが、麻美はニコリともせず、いつものように無視をした。

(あいつら、自分達の身分ってものを分かっているのかしら。図々しく私のことを見て。気持ちが悪いわ。あんな泥だらけの汚い男達に見られると、自分まで薄汚れてしまったように感じるわ。もう、本当にイヤ。……でも今日はあのコが、可愛い高貴《たかき》がやって来るのですもの。つまらないことは忘れて、また高貴とアレを楽しまなくちゃ。うふふ）

マンションに辿《たど》り着き、部屋へと戻るエレベーターの中、麻美は心の中で呟いた。

姉弟のタブー

2LDKの奢侈な作りの部屋に戻ると、麻美は高貴を招き入れる為に簡単に部屋を整え、生ハムサラダとトマトシチューを手際よく作った。ワインは冷やしてある。高貴はローストビーフを買って来てくれるはずだから、支度はこれぐらいでいいだろう。そうしているうちに、インターフォンが鳴った。弟の、高貴だった。

「はい。今日は〈イングリッド・バーグマン〉。やっぱり姉さんには真紅の薔薇が似合うと思って」

「わー、素敵！　高貴、いつも有難う」

弟に薔薇の花束を渡され、麻美が歓びの声を上げた。

高貴は、大手の広告代理店に勤める、麻美より三歳下の弟だ。すらっとした身体つきにも顔立ちにも下品さのかけらもなく、物腰も穏やか、髪もサラサラの美男子である。縁《ふち》なしの眼鏡が、洒落《しゃれ》たインテリジェンスを醸し出している。いわゆる優男《やさおとこ》なのであろうが、さすがは麻美の弟といった風情で、いかにも女性にはもてそうだ。しかし麻美に比べ、気が弱そうな感じを受けるのは、否めない。そして事実、そうであり……高貴は特に姉の麻美の言いなりなのだ。


「姉さん……。小説、読んだよ。前回に比べ、ストーリー展開も巧みで、とても良かった。心理描写など、上手になったね。……なんて、偉そうなこと言ってしまったな。ごめんね。いや、さすがは姉さんだよ」

高貴はワインを味わいつつ、麻美の作品の感想を述べた。もともと物を書くことが好きな麻美は、近頃では雑誌に官能小説なども連載している。女王様などの豊富な体験をもとに、妖しいエロティシズムの世界を描き出すことに、彼女は悦びを感じていた。創作のほかにも、語学が得意な麻美は仏語と英語の翻訳の仕事もしていて、翻訳本の出版の話も持ち上がっている。

「いつもながらお褒めの言葉、有難う。でも、書くほうは、まだまだね。精進しなくちゃ、と思っているわ。……高貴は、どうなの？　仕事は順調？」

「うん。今度、またNYに出張なんだ。姉さんにも、お土産、買って来るよ」

麻美は溜め息をつきながら、ワイングラスを傾けた。

「貴男は偉いわね。会社でも、しっかりやれて。……私は、できなかった……」

高貴は姉をじっと見つめ、穏やかな口調で言った。

「いいんだよ。貴女みたいに才のある人は、好きなことをして生きて。それに、僕は、そういう姉さんが、好きなのだから」

麻美は苦笑した。

「思い出すなあ。……花の商社の、花の秘書課。女同士の熱い戦い」

「それで、お局《つぼね》さまを、パーン、と平手打ちか。ふふふ。姉さんらしいや。いやいや、女の嫉妬は醜いもんだよ。上司や男性社員の憧れの的だった姉さんに、皆なヤキモチ焼いて嫌がらせをして。貴女がノイローゼになりかけるまで」

「二年、もたなかったもんなあ……会社勤め。お局にも参ったけれど、セクハラ上司にも、ホント頭に来たわ。辞める時、脛《すね》、蹴っ飛ばしてやったもんね。……ま、周りに合わせられなかった私も、悪いんだけれど。甘やかされて育てられたから、我慢できないのよね、色んなコトに。……ふふふ。とんだ、問題児」

麻美は、栗色の巻き髪を指で弄《いじ》りながら、笑った。

「何、言ってるんだよ。姉さんは、優等生だよ、ずっと。……それに、いいんだ、姉さんは〝我慢〟なんてしなくて。貴女は、……女王様、なのだから」

「……有難う、高貴」

高貴はフォークを持つ手を休め、麻美に謝った。

「姉さん、ごめんなさい。厭《いや》なこと、思い出させちゃったね」

麻美は頬杖をつき、微笑んで、言った。

「いいわよ。……今はこうして、自由に人生を楽しめるんですもの。私、後悔って、しない主義なの。過去を憂うぐらいなら、未来を案じたほうがいいわ。私のこういう性格、貴男も知っているでしょう」

「うん……。僕、姉さんのそういうところが……好き、なんだ」

テーブルの上のキャンドルが、妖しく揺れる。花瓶に飾った〈イングリッド・バーグマン〉から、甘い薔薇の芳香が漂った。

麻美が、高貴を舐め回すような視線で見た。彼は、そのような目で姉に見つめられることが、堪らなく好きだ。胸元が大きく開いた服からのぞく、彼女の白く豊かな乳に目を釘づけにして、高貴は既に下半身を疼《うず》かせている。麻美は悪戯《いたずら》な笑みを浮かべ、生ハムを頬張った。

ワインの酔いが心地良く廻ってくると、麻美はテーブルの下で爪先を伸ばし、弟の足を軽く蹴った。高貴は恥ずかしそうに、俯《うつむ》いてしまう。麻美は意地悪っぽく微笑むと、フォークを軽く振りかざし、真上からグサッとメロンに突き刺した。高貴はギョッとした表情で、メロンを頬張る姉を上目遣いに見つめ、また恥ずかしそうに下を向く。彼の下半身はもう既にいきり勃《た》ち、それを隠すように、手でそっと押さえていた。麻美は、高貴の肉体の反応を、察知していた。麻美は片頬にえくぼを作り、悪魔的な笑みを浮かべ、甘い声で弟を誘った。

「ねえ、そろそろいつものアレをしましょうか？」

高貴は恥じらいながらも、はっきりとした声で答えた。

「はい、お姉さま。宜しくお願いします」

麻美は椅子から立ち上がり、隣の部屋へとゆくと、首輪を手に戻った。そして高貴の首に犬用の赤い首輪をつけ、ワインを口に含み、弟の喉へと流し込んだ。高貴の下半身の高揚はズボンの上からも明らかで、麻美は楽しそうに、その敏感に反応するペニスを足でまさぐって弄《もてあそ》んだ。

「い……いや。お姉さま、恥ずかしい……。キャ……キャン」

愛らしい雌犬のような弟の声を聞きながら、麻美の心の中には、ますますサディスティックな欲望が高まってゆくのだった。

実の姉弟である麻美と高貴の間には、ＳＭの関係があった。二人の間にこのような関係が生まれてから、もう六、七年が経つ。と言っても、それは既成の事実ができてからということで、高貴にしてみれば物心ついた時から、美しい麻美は性の対象であった。

もちろん肉親を、それも実の姉を性の対象として見ることなど許されないと、高貴も分かっていた。思春期になり、三つ違いの姉の身体が女らしく成長してゆくのを横目で眺めながら、高貴は息苦しい思いをしていた。でも、実の姉を性の対象として見ることは心の何処かでブレーキが掛かり、中学一年の時はまだ自分の思いを押し止めることができた。でも、自分が中学二年になり、麻美が高校二年になると、高貴はもはや姉の肉体への好奇を自分でも抑えることができなくなった。麻美の胸は、その頃からそれは見事に発達し、たわわな果実のようだった。夏休みなどに、姉が薄手のノースリーブ姿でいると、高貴は何処に目をやってよいか分からず、困ってしまった。高貴は、麻美の白いモチ肌や充分に発達した胸や肉付きの良い尻などが直視できず、でもチラチラと盗み見るようにして眺めていた。そうすると、もういても立ってもいられず、まだ成長段階のペニスからは先走った液が迸ってしまう。いけないことと充分に分かっていたが、高貴は次第に麻美のことを思いながら、マスターベーションに耽《ふけ》るようになった。

彼の麻美に対する性の思いは、姉を犯して汚してしまおう、などというものでは決してなかった。どちらかと言えば、魅力的な姉に悪戯されたい、というようなものだった。そしてそれは、姉だけではなく女性全般に対して言えることで、高貴は物心ついてからは、いつも女性に自分が悪戯されることを考えてマスターベーションをしていた。高貴は既にオナニーを覚え、何度も繰り返していたが、女とセックスしているところを想像することはなかった。もちろん、セックスの意味だって知っていたし、やり方だって分かっていた。でも彼は、美しい人に強制的にオナニーをさせられたり、電車の中で痴女に悪戯されたり、という場面を想像したほうがはるかに興奮した。中学二年の高貴は、既にマゾヒズムを持っていたのだ。

高貴は、知性も美貌も併せ持った姉に、自分が汚されたいと思うことはあっても、彼女が汚されるのは耐えられなかった。麻美はいつまでも自分の前で、艶やかに君臨していて欲しいのだ。高貴は、幼い時から麻美の言うことは何でもよく聞いた。「ねえ、鉛筆買って来て」と言われれば、直ぐに買いに走った。「私、このケーキ、好物なのよね。高貴、あんたの分もくれない？」と言われれば、いくら食べたくても、黙って差し出した。でも彼は、麻美に何か頼まれたり命令されたりするのは、嫌ではなかった。否、むしろ、嬉しかった。姉の傍にいて、永遠に何かを命令され続けたら、どんなに嬉しいだろう。高貴は、よく、そのようなことを思った。

美しい姉をオナニーの対象にして蕩《とろ》けるような快楽を得るという行為は、まるで麻薬のように、思春期の高貴の身も心も虜《とりこ》にしていった。タブーというものは、一度破ってしまうと、その甘美さゆえに、後戻りができなくなってしまう。高貴は、麻美に意地悪されたり悪戯されたり、目の前でオナニーさせられることを想像しながら、自慰に耽った。でも、おとなしい彼は、姉の前で攻撃的な態度に出るようなことは決してなかった。飽くまでも想像の世界の中だけで、遊んでいた。

麻美はこうした弟の態度に気づくこともないかのように、落ち着いて勉強に励み、無事大学に合格した。そして二年目からは独り暮らしをすることを決意した。鎌倉の実家からでも通いきれなくはなかったのだが、彼女もそろそろ親元を離れ、自由に生活を楽しみたかった。それに、〝独り暮らし〟というものに、憧れてもいたからだ。

麻美が家を出ることになって、高貴は寂しいようなホッとするような、不思議な気持ちだった。ずっと憧れていた姉が、傍から離れてしまうのは寂しかった。でも、大学生になり急に女っぽくなってゆく姉を見ているのが息苦しくて、それからやっと解放されると思うと、不思議に安堵《あんど》を覚えた。彼も高校二年になり、真剣に受験勉強をしなければならない時期だった。魅力的な姉に傍にいられると、日毎に募ってゆく性欲の持って行き場に困ってしまう。だから、麻美が独り暮らしを始めて、高貴は以前より集中して勉強に打ち込むことができるようになった。

「高貴。大学に合格したら、お祝いしてあげるから、私のマンションに遊びにいらっしゃいね」

姉の優しい言葉を励みに、高貴は頑張った。親元を離れた麻美が独り暮らしをするマンションに遊びに行けば、何か〝いいこと〟が待っているかもしれない。……そんなことを思いながら、彼は受験勉強の孤独と戦った。そしてもともと優秀な高貴は、見事、一流国立大の経済学部に合格を果たしたのだ。

高貴が晴れて大学生となった時、麻美は大学四年で、就職活動に励んではいたが、学生生活を晴れやかに謳歌していた。もちろんその頃にはもう既に処女でもなく、ＳＭの女王の経験もあった。つまりは、女として、加速度的に磨かれ始めた頃だった。

お祝いをしてくれる為に、麻美が高貴をマンションに呼んだのは、就職が決まって落ち着いた夏休みだった。久し振りに会った麻美を見て、彼は目を見張った。

（これが……これが、あの僕の姉さん？）

麻美の肉体には色々な性体験を通して妖艶さが加わり、そのあどけない顔にはメイクが丁寧に施され、まるで愛らしい魔女のような魅力を振りまいていた。彼女には、決して抗うことのできないフェロモンが満ち溢れ、輝くオーラとなって周りに発散されていた。

（なんて美しいんだろう。なんて眩しいんだろう）

女として開花した麻美が眩しすぎて、高貴は暫《しばら》く直視できなかった。胸が高鳴り、目眩すら覚えた。彼は、派手になった姉に対し、不快さを感じるようなことはなかった。それよりも、麻美が、どんどん自分の理想の女性に近づいてゆくようで、怖かった。これから先、今まで以上に、姉の虜にさせられてしまいそうで。

実の姉は、まるで高貴の見知らぬ女のようだった。気のせいか、その声も少し変わったように思えた。そう、甘く低く、囁《ささや》くように……。高貴は麻美に久し振りに会って、明らかに動揺した。しかし彼女は、弟の動揺など気づかないようだった。

麻美は弟を快く招き入れると、無邪気に再会を喜び、入学の祝いを述べた。高貴は食事をしている時も、姉の豊かな胸や、妖しいメイクを施した顔に始終目がいってしまい、気が気ではなかった。その魅力は、まるで彼を無言のうちに誘惑しているかのようだ。しかし麻美は、そんな高貴の様子など全く気がつかないかのように、一人で饒舌《じょうぜつ》に喋り続けた。

「高貴、大学生活は楽しい？　姉さんは、独り暮らしをさせてもらったおかげで、思い切り楽しめたわ。ふふふ……色んな意味でね。高貴も、大学生になったら、パパやママの言うことなんか聞かなくていいんだから、思い切り学生生活を楽しみなさいよ！」

「う……ん。そうだね。お姉さん、色々、楽しかったんだ。大学……」

幼い頃から高貴はおとなしく口数も少なかったので、久し振りに会ったのに静かであっても、麻美は弟の態度がおかしいとは思わなかった。高貴は、姉への溢れる思いが胸につかえ、言葉が上手く出なかったのだ。

麻美は次第にシャンパンに酔い、頬がほんのりと染まり、目が潤み、長い睫毛《まつげ》が濡れるように光った。酔うと彼女はますます饒舌になり、キャッキャッと手を叩いてはしゃぎながら、楽しかった学生生活について喋った。酔いの廻った麻美の妖しい表情に、高貴は耐えられず、下半身に鋭い痛みを感じた。中学生の頃からオナニーする時に必ず想像していた相手が、こうして目の前で妖しく微笑んでいるんだ。そう思うと彼はいてもたってもいられず、激しく勃起させてしまった。生臭く粘っこい液がペニスから漏れてくるのを感じながら、高貴は、もう姉を直視することができず、黙って俯いた。

「高貴、どうしたの？　元気ないわね。気分でも悪いの？　シャンパンに、酔った？」

弟の態度にさすがに気づいた麻美が、心配そうに声を掛けた。

「ううん……。大丈夫だよ。そうだね、ちょっと酔ったみたい。お料理も美味しくて、食べすぎちゃったみたいだね。……ねえ、麦茶とかないかな？」

「あ、ごめんね。麦茶、きらしちゃってるわ。高貴、待ってて。そこのコンビニで買って来るから。直ぐ戻って来るわ。待っててね」

麻美はそう言うと、急いで玄関へと向かった。

「いいよ、姉さん。無かったら。わざわざ行かなくても。僕、水でいいから……」

「いいわよ！　直ぐだから、待ってて！」

高貴が止める間もなく、麻美は外へ出て行ってしまった。可愛い弟と久し振りに会って、それも大学の入学祝いである。麦茶を飲みたいというなら、買って来ないわけがない。麻美は急いでエレベーターへと向かった。


高貴は、部屋に独り取り残された。特別、麦茶を飲みたかったわけではない。姉がいない部屋は何となく寂しく、手持ち無沙汰な彼はサラダをつついたりしていたが、ふと、好奇心が頭を擡《もた》げてきた。隣は姉の寝室だ。「直ぐに戻って来る」と言っていたが、近くのコンビニへ行くには、片道五分はかかるだろう。なら、少しの探索はできるのではないか？　艶やかに変貌を遂げた麻美の、寝室を見たかった。

（もしや……いや、きっと、姉さんはもうヴァージンではないだろう。そうでなければ、あんなに色気が出るわけがない。ああ、女になった姉さんの身体を包んでいるベッドに、顔を埋《うず》めたい。姉さんの熟した身体を包むベッドの匂いを嗅《か》ぎたい）

高貴は、麻美が帰って来ないうちに、早々と行動に移した。

彼女の寝室は薄暗かった。戻って来た気配がしたら早く出られるようにと、部屋のドアは開けっ放しにした。高貴は、まずベッドへと近寄り、その上に倒れ、シーツに染みついた姉の匂いを吸い込んだ。甘く、悩ましいその香りは、若い彼の下半身をまたも刺激した。このまま麻美の残り香に包まれ、そこで眠ってしまいたかった。

（ああ、このシーツにくるまれながらオナニーできたら、何て幸せだろう。何度でも、数えきれないほど射精できそうだな……）

高貴は幼い頃から、自分のM性に気づいていた。幼稚園に行っている頃から、女の子に背中を押されたり、ふざけて叩かれたりするのが好きだった。そしてそれにはっきりと気づいたのが、思春期になって、姉の麻美に欲情を覚えてからだ。彼はよく、麻美に足で弄ばれたり、尻で顔を押し潰されることを想像してオナニーをした。そして、自分のこうした性癖をマゾというのだ、と知ったのは高校に入ってからだった。

それから高貴は、M男性専門のマニア誌などを買い漁《あさ》り、オナニーに耽った。そこには、予《かね》てからずっと彼が空想していたような世界が、まさに具現化されていた。女に押し潰されている男、足で踏まれている男、唾液を飲まされている男、押さえつけられてアナルを犯されている男……。高貴は胸を高鳴らせて、それを見た。そのようなグラビアを見ながら自慰に耽る時は、いつも頭の中でS女は麻美にM男は自分に置き換えていた。(姉とこのようなことができたら、どんなにか幸せだろう)、彼はそう思った。

高貴は麻美のベッドに顔を埋めながら、姉に恋い焦がれていた日々を思い出した。多分、いやきっと、一生、麻美とはあのような淫らなことなどできないだろう。だって……彼女は実の姉なのだから。そう思うと、高貴は物狂おしい気持ちになった。

ふと、ベッドの下に、引出しのようなものがついていることに気づいた。ベッドの下の引出し。彼は、妖しさを感じた。まだ姉は戻って来ないだろう、まだ大丈夫だ。何が入っているのだろう。姉の身体を包む、可愛い……いや、セクシーな下着が仕舞われているかもしれない。

彼はまたも下腹部に悩ましい痛みを覚えながら、震える手で、引出しを開けた。……高貴は、一瞬、目を疑った。姉のベッドの下の引出しには、自分がいつも愛読しているSM雑誌が、ずらっと並んでいたのだ。ボンデージを纏い、鞭を手に艶然《えんぜん》と微笑んでいる女王様が表紙の、それであった。その引出しの中には、日本だけでなく海外のミストレス雑誌や、フェティッシュをテーマにした雑誌が詰め込まれていた。

（な……なんでこんな雑誌を姉さんが持っているんだ？　ま……まさか姉さん……）

雑誌の山に呆然《ぼうぜん》としながら、彼は自問した。そして、脳裏に、ボンデージを纏った麻美の姿が浮かんできた、その時だった。

「高貴！　貴男、一体、何してるの？」

麦茶が入ったビニール袋を手にした麻美が、ドアの隙間《すきま》から、高貴に怒鳴った。彼は驚き、そして焦り、手にした雑誌をバサバサと落としてしまった。どうやって体裁を取り繕っていいか、分からない。麻美はキッとした表情で高貴の傍に近寄ると、おどおどとしている弟の頬を、思い切り強く打った。

「どうして貴男は、人の部屋にコソコソ入ったりするの？　どうして人の部屋の中を探ったりするの？　私……気づいてたのよ。貴男が中学生になった頃から、私の部屋をよく覗《のぞ》いてたって。ふん、知らなかったとでも思っているの？　下着が無くなっていたことも、知っていたのよ。貴男、私のパンティー、時々持ち出していたでしょう。私、気持ちが悪くて、ママに『部屋に鍵をつけてもいい？』って訊《き》いたこともあったわ。でも『子供部屋に鍵はダメ』って言われて、鍵はつけられなかったけれど……。それもあって、私、独り暮らしがしたかったのよ。貴男も大学生になって少しは変わったと思ったのに、まだこんなことをしているなんて……。いつになったら治るのよ、バカッ！」

麻美はもう一度、強く高貴の頬を打った。肉親には秘密にしておきたかったSMの趣味を知られてしまい、バツが悪かったこともある。彼女の心には、やり場のない悔しさと恥ずかしさがこみ上げ、それが暴力の形となって出てしまった。

高貴は目に涙を溜め、消え入りそうな声でごめんなさい、と謝った。彼もまた、消えてしまいたいほど恥ずかしかった。自分が部屋に忍び込んでいたことを、ずっと姉は知らないと思っていたのに、とっくに気づいていたなんて。しかも、下着を持って行っていたことも知っていたなんて。高貴はこの時、死んでしまいたい、とさえ思った。麻美は、怒りに任せ、弟を平手打ちで何度も叩いた。

高貴は、この時、不思議な気持ちを味わっていた。初めは頭の先にまで響くようだった姉の平手打ちが、次第に甘美になってゆく。もちろん目から火花が出るような痛みなのだが、彼は姉から叩かれることが、何故《なぜ》か嬉しかった。高貴は、姉に思い切りビンタされていることを想像して、オナニーすることもあった。パンティーを持ち去ってオナニーしている現場を麻美に見つかり、「私の下着で何してるのよッ」と頬を叩かれる、というのが筋書きだ。

そして今、まさに自慰のストーリー通りのことが自分に起きている。そう思うと、高貴は不謹慎ながらまたも興奮を覚え、下半身は熱くなり、ググッと反り返ってきた。そのペニスの高揚は、ズボンの上からでも充分に分かるほどだった。

「高貴、何で勃起してるの？　叩かれているのに……。まさか、貴男……」

弟の身体の異変に気づいた麻美が、言った。高貴は溢れる涙を手で拭《ぬぐ》うと、急に姉の足元に跪いた。そして、消え入りそうな声で、でもはっきりと、麻美に告げた。

「ごめんなさい。こんなことして、ごめんなさい。お姉さま、僕、ずっとお姉さまのことが好きだったんです。ずっと、お姉さまに、こんなふうに叩かれたり、殴られたりしたいって、思っていました。……僕も、この雑誌、いつも買っているんです。だから、びっくりしてしまって……。ごめんなさい。本当にごめんなさい。僕、お姉さまに、こういう雑誌に載っているようなことをして欲しいって、ずっとずっと思っていました。綺麗で、頭が良くて、何でもできるお姉さまに、虐めて欲しいって、ずっと思っていました。こうしてぶたれることも、憧れでした。僕、変態なんです。マゾなんです。だから、だからお姉さまの言うこと、何でも聞きますから、もっとぶってもいいですから、許してください……」

高貴は頭を床に擦りつけて、姉の前で土下座をした。麻美はそのような弟を、半ば呆《あき》れ顔で見つめた。

（全くどうして、私の周りにはM男が多いのだろう）

麻美は溜め息をついた。そして気持ちが落ち着いてくると、高貴に対する嫌悪より、好奇のほうが勝るようになった。以前から薄々と変態と気づいていた弟をいたぶるのも面白いかもしれない。そんな悪魔の囁きが、麻美の心を捕らえた。

（高貴も一応大学に受かったことだし、少しぐらいなら、変な悪戯をしたっていいわよね。……それに、このコもそれを望んでいるみたいだし）

麻美は、真紅のルージュの口元に、冷たい微笑みを浮かべた。彼女の心の中にも、「タブーを犯してしまいたい」という欲望が、この時はっきりと芽生えたのだ。実の弟を思うがままに汚してしまいたい、と。

麻美は、小刻みに震えている弟を、足で蹴った。高貴は身を固くして、ハッとしたような顔で姉を見上げた。麻美の悪魔的な笑みが目に入る。下から見上げる姉の姿は、いつもよりずっとずっと大きく、更に美しく妖しく思えた。彼の身体に戦慄《せんりつ》が走った。

「高貴、そうじゃないかと思っていたけれど、やっぱり本当だったわね！　あんた、変態ね。自分で言ったもんね。『僕、変態のマゾ男なんです』って！　やっぱり、お前はマゾだったのね！　変態！」

彼女は更に強く、弟を蹴った。高貴は、「あッ」と、叫びとも溜め息とも分からないような声を上げた。姉の口から漏れる「変態」「マゾ男」という侮蔑の言葉は、あまりに甘美に、彼の心に響いた。そしてそれらの蔑みの言葉が、自分に対して向けられているのだと思うと、高貴は何故だか嬉しくて嬉しくて堪らなかった。麻美に言葉責めされている自分を想像して、何度自慰に耽っただろう。そして今まさに、叶《かな》うことのないと思っていた空想の世界が、目の前で起きている。高貴は麻美に怒られているにも拘《かか》わらず、不謹慎な笑みを浮かべてしまった。

「高貴、あんたナニ笑ってんのよ！　あんた、中学生の頃から私のパンティーを盗んで、いったいナニやってたのよ、言いなさい、言いなさいよッ！　変態ッ！」

麻美が力を込めて蹴ると、高貴は絨毯《じゅうたん》に崩れるように倒れてしまった。麻美は、弟の脇腹を更に強く蹴った。高貴は生まれて初めて味わう、えも言えぬ悦びに陶酔していた。姉から振るわれる暴力は、彼の肉体にとっては、極上の酒よりも甘美な酔いだった。高貴は悦びに震えながら、麻美の足元に平伏し、神々しさに満ちた姉を見上げて、言った。

「お姉さま、お許しください。僕……僕、ずっと前から、お姉さまにこうして蹴られることや虐められることを考えてオナニーばかりしてきました。お姉さまは、ずっとずっと僕の憧れの人でした。だから……お姉さまが僕を蹴りたいなら、もっともっと蹴ってくれても構いません。僕を殺してしまっても、構いません。お姉さまがお好きなようにしてください。だから……だから、お姉さま、僕を……僕を捨てないでください。僕を……僕を、お姉さまの奴隷にしてください……。何でもしますから、奴隷でいさせてください」

彼は涙声で麻美に哀願すると、張り詰めた思いが爆発したかのように、姉の足へとしがみついた。麻美が振り払っても払いきれないほどの力だった。初めて見る弟の激しい意思表示に、彼女は、高貴が本当に自分の奴隷になりたがっているということを見て取った。

「お前、そんなに私の奴隷になりたいの？」

麻美は妖しく低い声で、そう囁いた。

高貴は言葉にならないのか、足にしがみついたまま姉を見上げ、コクンと頷《うなず》く。麻美は、弟のそんな哀れな子犬のような表情を見ているうちに、またもサディスティックな気分が湧いた。そして一呼吸置くと、言った。

「そう……。そんなに私の奴隷になりたいなら、してあげてもいいわ。その代わり、私の言うことは何でも聞くのよ！　いいわね。奴隷は女王様には完全服従なのよ」

「……あ、有難うございます。女王様、有難うございます。僕、何でも言うこと、聞きます。何でも……何でも、仰る通りにします」

高貴は悦びにうち震えながら、麻美の足を抱き締めた。予てから憧れていたことが、現実となる。彼は、今自分の身に起きていることが、信じられなかった。まさに、夢を見ているようだ。麻美は弟の奴隷宣言を聞いてニヤリと笑うと、思い切り強く、高貴を振り払った。

彼は「アッ」と叫び声を上げて、絨毯に倒れた。彼女は、光沢のあるストッキングに包まれた足の爪先を、弟の口の中へと無理やりねじ込んだ。「ふ……ふがふが」、としか言葉が発せない高貴の苦悶の表情を見て、麻美はあまりの可笑《おか》しさに吹き出してしまった。

「ほら、高貴、お前はもう私の奴隷なんだから、言うことはちゃんと聞きなさい。私、足を舐められるのが大好きなのよ。たっぷりと、お前の顎《あご》が抜けそうになるまで、私の足を舐めて、私を満足させなさい。ふふふ」

麻美の足は、少し蒸れていて、酸っぱい匂いがした。女の足の指を舐めるなど、高貴はもちろん初めてだった。でも、姉の足は、ストッキング越しからも、とても美味しかった。酸っぱくて、しょっぱくて、少し苦い。でも、姉の足の指を舐めるということは、高貴にとって大いなる悦びだった。彼はこのまま顎が抜け落ちるまで、否、窒息死するまで、麻美の足を口いっぱいに頬ばって舐め続けたいと思った。激しい快楽が身体を突き抜け、高貴は思わずいきり勃ったペニスに手を伸ばした。すると麻美は目敏《めざと》く、「何処触ってるの」、と怒鳴りつける。彼はペニスを弄ぶことを許されず、陶酔して姉の足を舐め続けた。

（なんて……。なんて美味しいんだろう。もう僕は、姉さんなしではいられない……）

粘つく液体がペニスの先から溢れてくるのを感じながら、高貴は足を舐めることを一旦止《や》めた。そして、視点が定まらない潤んだ目で麻美を見上げ、こう哀願した。

「女王様、お願いで……す。ストッキングの上から……じゃなくて、生の……女王様の生の足を、舐め……させて……くださ……い」
麻美は、弟の青白い頰に平手打ちを決めると、艶然と微笑み、ストッキングを脱ぎ始めた。

こうして麻美と高貴は、姉弟という関係をはるかに越え、それ以来、女王様と奴隷のＳＭ関係となった。二人の間には禁忌があるからこそ、プレイをする時は燃え上がった。植物系インテリの弟は、麻美の好みのタイプでもある。この六、七年の間で、高貴の身体はすっかり麻美に服従するよう、改造されてしまった。高貴の肉体は、もはや姉の麻美にしか反応できず、二十代半ばの今でも童貞だ。

彼は大学を卒業して、大手広告代理店に入社した。都心のマンションに独り暮らしで、車もベンツに乗っている。見た目も今風のなかなかの美男子だから、群がって来る女性達も多いが、彼は興味が無かった。高貴はゲイなのではないか、そんな陰口も叩かれた。真相は違う。彼は長年の、姉とのあまりに刺激的なＳＭプレイが原因で、普通のセックスにはもう全く興味が持てなくなってしまったのだ。高貴の性の欲望の対象は、姉の麻美が全てなのだから。

薔薇遊戯

高貴は麻美に首輪をつけられながら、初めて姉とSMをした時のことを思い出していた。あれがきっかけで、二人の間では、このような秘密の関係が続いているのだ。

麻美は高貴の首輪を引っ張り、寝室へと連れていった。電気を消し、薔薇の香りのキャンドルを幾つか灯《とも》す。麻美は微笑みを浮かべ、グレーのワンピースを脱いだ。仄《ほの》かな灯の中、麻美の白く豊満な肢体が浮かび上がる。フランス製の黒いレースのブラとパンティーの姿で、麻美は悩ましげに髪を掻き上げた。ゴクリと唾を飲み込む高貴の下半身は、激しくいきり勃っている。麻美はしなやかな物腰でベッドにうつ伏せに寝そべり、四肢を伸ばした。麻美が葉巻をくわえると、高貴はすかさず火をつける。

「ねえ……高貴、あれを……花びらを、お願い」

高貴は頷き、隣の部屋から薔薇の花を持ってきた。麻美にプレゼントした、真紅の〈イングリッド・バーグマン〉だ。高貴は薔薇の花びらを千切って、ベッドの上に振りまき始めた。

黒いシーツが、紅い薔薇の花びらで埋めつくされてゆく。

「ああ……。お姉さま、まるでクレオパトラみたいだ。美しい……。本当に」

薔薇の花びらに埋もれながら、麻美は上機嫌だ。BGMのシャンソンに合わせて、身体を小刻みに揺さぶる。黒いシーツの上、麻美の肌はますます白く透き通るように見え、高貴は堪らず、姉の背中に口づけた。

「お姉さまの肌は、芸術品だ。滑《なめ》らかで、手に吸いつくようで……。お願いです、お姉さま。また、マッサージさせてくださいますか？」

麻美は、うふふ、と妖しい含み笑いをする。

「いいわよ。丁寧に揉《も》みほぐしてね。その前に、ちゃんとブラとパンティーも脱がして」

高貴は微《かす》かに震える手で、姉のブラジャーのホックを外した。マッサージの時は、いつも麻美の下着を脱がせるが、何度しても緊張してしまう。Tバックのパンティーはサイドが紐になっているので、簡単に脱がすことができた。ブラとパンティーを取り去ると、麻美の艶やかな背中と豊かなヒップが露になる。キャンドルが灯る中、高貴は姉の裸体に見惚《みと》れた。一糸纏わぬ姿で薔薇の花びらに囲まれた姉は、まるでヴィーナスのようだ。足首に煌めくアンクレットが、またエロスを掻き立てる。麻美は妖艶な笑みを浮かべて、高貴にローズオイルを渡した。

「これでマッサージして。時間を掛けて、ゆっくりと。私が満足するまで」

「はい、お姉さま。光栄です。お姉さまのお美しい身体に触れることができて……」

高貴は自分の幸せを痛感し、涙をうっすらと浮かべた。そしてローズオイルを用いて、麻美の背中のマッサージを始めた。麻美のスベスベとしたもち肌に触れるだけで、高貴のペニスはそそり勃ち、先端から液体が溢れ出る。寝室の中、薔薇の香りが立ち込め、高貴の鼻孔を刺激する。視覚、触覚、嗅覚が刺激され、高貴の身体の奥底から興奮がこみ上げてきた。

麻美の熟れた肉体は、見事な曲線を描いている。バスト、ヒップともに九十センチ以上はありそうだが、ウエストは細く引き締まっていて六十センチもないだろう。バストに至っては、九十五センチぐらいありそうだ。そのスラリとした肢体は、ローズオイルが伸ばされ、ツヤツヤと濡れるように光っている。麻美の肉体の曲線を撫《な》でながら、高貴は甘い官能に痺《しび》れてしまいそうだ。高貴は溜め息まじりで、感嘆の声を漏らした。

「ああ……。お姉さま、ステキ……。お姉さま、〈イタリアの宝石〉って言われるモニカ・ベルッチみたい。グラマラスで、クールで、神秘的で……。モニカ・ベルッチ、僕の大好きな女優なんだ。だって、お姉さまに似てるから……」

高貴の称賛を聞きながら、麻美は薔薇酒を口にした。高貴の掌《てのひら》の熱が伝わり、麻美の背中も火照《ほて》って仄かに薔薇色になる。ＢＧＭではちょうど『ラヴィアンローズ（薔薇色の人生）』

が流れ、麻美の美しい顔に満足の笑みが浮かぶ。薔薇の香油と体臭が混じり、麻美の肉体から甘く妖しい香りが立ち上った。

「背中はもういいわ。今度は足のマッサージをして」

薔薇酒の入ったグラスを傾け、麻美が弟に命令する。

「はい、分かりました、お姉さま。力加減はどうですか？　不満があったら、仰ってくださいね」

「……ふふふ。有難う。高貴はマッサージが本当に上手ね。とっても気持ちいいわ。……貴男は、私の唯一の〈専属エステティシャン〉ですもの。私の肌にこんなに触れることができるのは、高貴、お前ぐらいよ」

麻美は満足げに目を細めた。女王である麻美の〈唯一〉の男であることに、高貴の自尊心が満たされる。そして麻美と自分の間に、他の誰にも邪魔されることのない、強い〈絆《きずな》〉を感じるのだった。高貴は姉の言葉に、目頭を熱くさせた。

「お姉さま。嬉しいです、そう仰ってくださって。僕、ずっとずっと、お姉さまのこの美しい繻子《しゅす》のようなお肌を磨き続けます。いつまでも、お姉さまの専属エステティシャンです。お姉さまのお肌に触れているだけで、僕は、とてもとても、幸せなんです……」

麻美は何も言わず、薄笑みを浮かべている。薔薇の香りが立ち込める閨房《けいぼう》の中、女神のような姉に跪きながら、高貴はなぜだか恐ろしかった。あまりにも幸せで。このまま永遠に時が止まってほしいと、彼は思った。

高貴は更に丁寧に、姉の足のマッサージを始めた。麻美の足は形良く、真っ直ぐにスラリと伸びている。ローズオイルを垂らし、太腿を優しく揉みほぐしてゆく。弾力があり、適度に柔らかくもある太腿に触れているだけで、高貴のペニスは暴発してしまいそうだ。

(ああ……。早く、アレをしてほしい)

そう思いながら、高貴は念入りに太腿のマッサージをした。ふくらはぎ、足の裏、足の指と丁寧に揉みほぐし、高貴はおずおずと麻美に問い掛けた。

「あの……お姉さま。そろそろ、お尻をマッサージさせて頂いても、宜しいでしょうか」

麻美は気持ち良さそうにうっとりとした表情で、許しを与えた。高貴は喜びで頰を紅潮させ、姉の臀部《でんぶ》のマッサージを始めた。薔薇の香油を掌に塗り、円を描くように尻を揉みほぐす。麻美の白く豊かなヒップは誘いかけるようで、その割れ目に男根を押し当て擦りつけて果ててしまいたい衝動に、高貴は駆られた。はやる気持ちを抑えてマッサージを続けるうち、麻美の尻が温まって、白桃のような色つやになる。割れ目から陰花が見える。そこから排泄物が出るなど信じられないほど、麻美の陰花は可憐な色だ。高貴は姉の裏の花弁に見惚れ、呟いた。

「綺麗だね……。お姉さまのアナル。薔薇の……クイーンエリザベスの花びらのような色に輝いている。まるで、お姉さまのお尻の間にルビーが埋まってるみたいだ……」

　そして高貴は、姉の陰花にそっと触れるように口づけた。

「ねえ……高貴、そろそろ、アソコのマッサージもして」

　麻美が少し腰を浮かせ、甘い声で囁く。高貴は更に頬を紅潮させ、麻美の言いつけに従った。薔薇の香油をたっぷりとつけた指を、姉の股間に滑らせる。先ほどからの弟のマッサージに刺激され、麻美の花弁も潤っていた。高貴はあくまでソフトに丁寧に、姉の花弁そして花蕾を弄る。麻美の股間から、薔薇と雌動物の入り交じった香りが漂う。その香りを吸い込むと、高貴は脳が痺れたようになり、ペニスも猛るのだ。高貴は鼻息を荒らげ、姉の秘花のマッサージを続けた。

「あっ……ああん。あ、気持ちいい……。そうよ、優しく……丁寧に……。ああっ。そう、クリトリスをたっぷりと……。あっ」

　閨房に流れるシャンソンのリズムに合わせ、高貴は触れるように、姉の花蕾を優しく刺激する。麻美のクリトリスは薔薇の蕾のような色で、愛らしい。高貴は宝石を扱うかの如《ごと》く丁寧に、姉の花蕾を弄った。薔薇の花びらがちりばめられたベッドの上で、二人は戯れ続ける。

「あっ……。イッちゃう……。ああん、高貴。姉さん、イッちゃうわ……。あっ」

親指と人差し指で蕾を弄られ、中指を花びらにそっと出し入れされながら、麻美が達した。麻美の薔薇色の花弁から、蜜が溢れる。麻美の花蜜と香油が溶け合い、高貴の指に絡みついた。高貴は思わず、姉の蜜がついた指を舐めた。それは蜂蜜よりも甘く、バターよりもコクがあり、高貴の下半身は蕩けそうになる。花壺の痙攣《けいれん》が治まってくると、麻美は弟に、エクスタシーを与えてくれたお礼を言った。

「有難う、高貴。気持ち良かったわ」

「お褒めのお言葉、有難うございます。こちらこそ、ご奉仕させて頂けて、光栄でした」

高貴は照れて、そっと目を伏せる。麻美が、自分のテクニックで悦んでくれたことが嬉しかった。

麻美はシルクのガウンを羽織って身を起こし、今度は弟をベッドに仰向けに寝かせた。

「ご褒美よ」

妖しく微笑むと、麻美は高貴に薔薇酒を口移しで飲ませた。姉の唇は柔らかくて上質のゼラチンのようで、高貴は快楽に身悶《みもだ》える。麻美は弟の頭を抱え、口を開かせた。麻美は薔薇酒に浮かべた薔薇の花びらを口に含み、嚙んだ。薔薇の花びらを嚙む麻美の妖気に、高貴は背筋をゾクッとさせる。薔薇の花にたかる芋虫のような高貴のペニスは、蠢《うごめ》き、粘ついた液を溢れさせた。

麻美は咀嚼《そしゃく》した薔薇の花びらを、高貴の口の中へと落とした。姉の甘い唾液にまみれた薔薇の花びらはそれは美味しく、高貴は夢中で噛み、飲み込んだ。麻美は愉しそうに、〈薔薇の咀嚼プレイ〉を繰り返した。咀嚼した花びらを唇から落とす時、高貴には、姉の顔が女神のように見える。この遊戯に陶酔しながら、高貴はこのまま麻美の腕の中で達してしまいたかった。堪えきれず、高貴が手で自らの肉棒を扱き始めたのを見て、麻美が耳元で囁いた。

「自分でしなくても、いいわよ。……今度は私が気持ち良くしてあげるわ」

麻美は、弟の足を開かせ、その間に尻を下ろした。高貴は夢見心地の表情で、されるがままだ。麻美は足を伸ばして、弟のペニスを両の太腿でしっかりと挟んだ。

「ああぁっっ。……ダメ、お姉さま、感じちゃう……。ああっっっ」

ローズオイルが染み込んだ麻美の太腿が、男根を圧迫する。足フェチの高貴は、太腿でペニスを挟まれるだけで堪らない刺激なのに、麻美の足はヌルヌルと滑らかで、えも言えぬ快楽が全身を駆けめぐる。雌犬のような喘《あえ》ぎ声を上げる弟に、麻美は意地悪な気分になり、太腿でペニスを挟んだまま足を上下に揺すぶって扱きあげた。

「や……。いや……。あ――っ、お姉さま、イッちゃうよ、僕、イッちゃう――」

先ほどからの戯れで限界にきていたのか、太腿挟みで何度か擦っただけで、高貴は達してしまった。大きく膨れ上がったペニスの先から、白い蜜のような粘つく液体が迸る。それは勢い良く飛び散り、麻美の足の指にまで降り掛かった。薔薇色に彩られたペディキュアに、白濁液が絡みつく。高貴は快楽の痙攣が治まってくると、姉に涙声で詫びた。

「ごめんなさい、お姉さま。お美しいおみ足を、汚してしまいました。……ごめんなさい。あんまり気持ちが良かったので、コントロールできませんでした」

麻美は「いいのよ」と言って弟の頭を撫で、優しくキスをした。そして妖しい笑みを浮かべ、ザーメンが付着した足の指を、弟の口の中へと突っ込んだ。

「でも、汚してしまった後始末は、ちゃんとなさいね。自分の精液なんですもの、不味《まず》くはないわよね？　ふふふ……」

高貴は顔を顰《しか》めながらも、姉の足の指をくわえ、自分の精液を舐め取った。精液は生臭くて吐き気がこみ上げるが、それを舐め取ったあとの姉の足は、涙が出そうなほど美味しい。高貴は麻美の足の指を夢中でしゃぶり、再び快楽に没頭し始めた。

「高貴、マッサージの後は、いつものように花びらを舐め奉仕してね。たっぷりと時間を掛けて。今度は、ちゃんと舌でイカせるのよ」

葉巻を燻らせる姉を見上げ、高貴はうっとりした表情で言った。

「はい、光栄です、お姉さま。貴女は僕の女神です。お姉さまは、まさに薔薇だ。美しくて、棘《とげ》がある。いつまでも、僕の前で艶やかに咲き誇っていてください。……貴女を愛しています」

ドルチェ・ヴィータ

麻美は、連載小説の原稿をメールで送ると、溜め息を一つついた。満足のゆく原稿が書けた。物書きとしてはまだまだ駆け出しの彼女は、一つ一つの仕事が真剣勝負だ。張り詰めていた緊張がふっと途切れ、眼鏡を外して、紅茶を啜る。爽やかな初夏の昼下がり。近所のちょっと洒落たフレンチ・レストランで少し遅めのブランチを取って、ジムにでも行って泳ごう。今日はプレイの予約が入っているが、夜だから、まだ時間はたっぷりある。今日のお相手は、金払いも良くて紳士的なマゾヒストだ。そうそう、今日の〈プレイ〉の為に、食事は多めに取っておかなくちゃ。麻美はそんなことを考えながら、妖しい微笑みを浮かべた。

新宿のシティホテルKの喫茶店で、麻美は佐伯《さえき》と待ち合わせた。部屋へと向かう前、ホテル内の寿司屋で一緒に食事をした。ここの寿司屋は、ウニにトロ、そして鮑《あわび》が美味しい。日本酒も堪能し、麻美は御機嫌だった。

二人がプレイするようになって、既に三年が経つ。秘密のサークルで知り合った、五十歳を過ぎたロマンスグレーの佐伯は、麻美に夢中だ。都内で三代にわたる税理士の事務所を営む佐伯は、離婚歴があり成人した子供もいるが、麻美を心から必要としていて、一年ほど前からそれとなくプロポーズをしている。経済的に余裕があり、教養もあるダンディな彼は、麻美の結婚相手としては申し分ないであろう。歳が少し離れすぎてはいるが、麻美は他の条件が揃っていればそれほど気にならなかったし、若くても経済的に不安定な男よりはずっと良かった。彼もまた、麻美のような若く美しい女性と再婚すれば、周囲の人間に対しても自慢になると思っていた。

佐伯の麻美に対する執心はかなりのものだった。それは、彼女の女性としての魅力に参っているのはもちろんのこと、そう、麻美のあの〈プレイ〉に心底平伏しているのだ。性的に彼ほどのハードマゾ志向になってしまうと、相手はサディストでなければ付き合うことは無理であろう。全てにおいて、麻美は佐伯の最高のパートナーだった。

部屋に入り、二人はワインを飲んで少し寛《くつろ》いだあと、いつものようにSMプレイを始めた。

佐伯からプレゼントされた豹柄のボンデージに身をくるんだ麻美は、しなやかな獣のように、彼を調教する。鞭、縛り、蠟《ろう》責めが終わると、彼女は佐伯をベッドに寝かせ、浣腸《かんちょう》をした。佐伯はアナルが感じるので、浣腸をされるだけで「アッアッ」と溜め息を漏らし、ペニスから快楽の液を滴《したた》らせる。麻美は浣腸をしている時、見下したように、こう言い放った。

「ふん。インテリの税理士サンも裸になって、こんな恰好になったら、形無しね。口からもアソコからも、涎を垂らしちゃって。みっともない。ああ、醜い！」

佐伯は、麻美に口汚く罵られるたびに、身をくねらせて悶えた。彼のアナルは、いつものように、二リットル以上もの浣腸を呑み込んだ。

「粗相したら、ぶっ殺すわよ！　どうしてもトイレに行きたくなったら、『女王様、お許しください』って言うのよ！　分かったね、ブタ！」

そう言って麻美は、奴隷の顔の上に馬乗りになった。佐伯の白く弛《たる》んだ腹は、浣腸二リットルのおかげで更に膨れ上がり、まるで蛙のようだ。麻美は苦しそうに呻く奴隷の顔を押し潰しながら、喜々として腹を手で押さえつけた。大の男が自分の手によって卑しめられているのかと思うと、彼女はますます高揚し、サディスティックな気分になってゆく。佐伯は麻美の攻撃に手足をジタバタさせ、とうとう音《ね》を上げ、許しを乞うた。

「お願い……です。女王様。お手洗いに行かせてください。漏れて……しまいそうです。お願いです」

麻美は、激しくそそり勃った奴隷のペニスを見ながらヒステリックに笑った。

「きゃーっはっはっは！　あんた、苦しいのに、何でそんなにオチンチン勃たせてるのよ！　マゾ、マゾ男、マゾ豚！　いいわよ、トイレに行っても。その代わり、排便をするところを、私にちゃんと見せるのよ。いい、分かったわね！」

苦しそうに、ハイと返事をすると、佐伯は起き上がって腹を押さえながらトイレへと向かった。額には脂汗が滲んでいる。

「本当は、うんこしているところ、女王様に見られたくて見られたくて仕方がないのよね！　ふん、変態男！」

麻美は、後ろから蹴りを入れながらついてゆく。そして、排便するところがよく見えるようにと、洋式のトイレに佐伯を反対向きに座らせ、思い切り背中を蹴った。その途端、「見ないでー」という悲鳴とともに、奴隷のアナルから音を立て激しい勢いで汚物が流れ出た。麻美は鼻をつまんで「くっさーい」と言い、高笑いをして、その光景を眺めていた。アナルから汚物が全て排出されるのを見届けると、麻美は奴隷の背をまたも蹴飛ばし、言い放った。

「お前みたいな汚い豚、触るのもおぞましいから、ちゃんとシャワーを浴びて身を清めてらっしゃい！」

佐伯は、激しい脱糞で精気を抜き取られてしまったような顔で、ハイ、と頷いた。

佐伯がシャワーから戻って来ると、麻美はペニスバンドをつけた勇ましい姿で待っていた。彼女は奴隷を跪かせ、自分の腰に装着したペニスバンドをしゃぶらせた。佐伯は、うっとりとした表情で、麻美の疑似ペニスを両手で持ち、丁寧に舐める。

「ほらほら、今からこれを、お前のアナルにぶち込んでやるんだからね！　お前の大好物の女王様の特大ペニスをさ！　だから、もっとギンギンにするように、ちゃんとお舐めッ！」

麻美は奴隷の細い顎を両手で摑み、腰を激しく振ってイマラチオさせる。佐伯の表情は、疑似ペニスをしゃぶっているうちに恍惚のそれとなり、排便の為に一度萎《しぼ》んだ性器も、また勢いを取り戻してきた。

「じょ……女王様、もう我慢できません。女王様のオチンチンを、私の淫乱アナルに挿《い》れてください。お願いです……」

佐伯が目を潤ませ、涙声で懇願する。麻美は薄笑みを浮かべ、奴隷を蹴飛ばし、四つん這いにさせた。そして佐伯のアナルと、自分の疑似ペニスにローションをたっぷりと塗り、バックの恰好で奴隷を犯した。佐伯のアナルは開発済みで空洞のようになっていて、極太の疑似ペニスを難なく呑み込む。後ろから激しく突き上げると、佐伯は愛らしい雌犬のような声をあげて悦んだ。

「ほらほら、どうだ？　この雌ブタめ！　女王様のオチンチンを、たっぷりと味わうんだよ！　お前はよく恥ずかしくないねえ。浣腸されて、排泄するところを見られて、こんなふうに素っ裸で犯されてさ。そうか、お前はブタだもんね。ブタは恥ずかしくないよね、うんこだって食べるんだからさ！　おーっほっほっほっほっ！」

佐伯は、麻美の言葉にビクッとしたように身を震わせ、激しく身悶えした。ペニスからは快楽の液が垂れ、絨毯を汚した。麻美は普段は言葉遣いも丁寧で口調も穏やかなのに、プレイになると、途端にガラッと変わる。それも意図的に変えているのではなく、自然とそうなってしまうのだ。特に、ペニスバンドを装着して男を犯している時は、言葉も乱暴になり雄々しくなった。まるで男になりきって、女を犯しているような気分になるのだ。

佐伯が間も無く達してしまいそうだということを見抜くと、麻美はアナルから疑似ペニスを引き抜き、脇腹を蹴飛ばして奴隷を仰向けにさせた。顔を火照らせ目を潤ませている奴隷を見下ろしながら、彼女は薄笑みを浮かべて下半身を露にした。佐伯は、今から始まる儀式を心待ちにしていたかのように目を閉じ、身を震わせ、喉をゴクリと鳴らした。

麻美は、露にした臀部《でんぶ》を奴隷の顔に押しつけ、菊座を口に密接するように押し当てた。佐伯は我慢しきれないといったように、麻美の菊座の中に舌先を入れて、舐める。

「バカっ！　舌を入れたりしたら、出るモンも出て来ないでしょ！　いい？　今から女王様の〝黄金〟を、お前に恵んでやるんだからね。零さずに、全て食べるのよ！　お前の為に、今日はフレンチとお寿司を食べたんだからね。特製黄金だよ。お前みたいなブタには、もったいないねえ。ほほほ……。いい？　零したりしたら、承知しないよ！」

そう言って麻美は、尻を振り、二、三度いきんだ。その途端、彼女の麗しい菊座から黄金が迸り出て、奴隷の口の中へと流れ込んだ。佐伯は「きゅうきゅう」と喉を鳴らし、夢中で麻美の黄金を飲み込んだ。佐伯の口の中は苦みで一杯になったが、鼻に麻美の臀部を押し当てられているので、匂いを直接吸い込むことはない。

女の尻から出た汚物を食べさせられているという屈辱が、マゾである佐伯の身体の中を、激しい快楽となって駆けめぐる。彼は、黄金自体のフェティストではない。女性の、それも麻美のような美しく利発な女性の黄金を貪《むさぼ》っているという、その自らの卑しい行為に対して興奮してしまうマゾヒストであった。

初め感じた、脳天に突き抜けるような苦みは、やがて佐伯の舌も脳髄も麻痺させてしまった。麻美の黄金の味は、麻薬のように彼の肉体に浸透し、それは激しいエクスタシーをもたらした。麻美の黄金の味は、麻薬のように彼の肉体に浸透し、それは激しいエクスタシーをもたらした。佐伯はもう、麻薬である彼女の黄金無しには、生きてはゆけない。苦みがやがて甘美なる陶酔に代わり、屈辱が肉体を通り越し脳髄にまで行き渡った時、佐伯は老いた犬のような身を震わせて、自然にザーメンを迸らせた。

麻美は、プレイ代と帰りのタクシー代を佐伯から受け取って、別れた。タクシーが新宿のネオンの中を走り抜けて行く間、麻美は別れ際の彼の顔を思い出していた。

「麻美ちゃん。また、会ってくれるね？　そうだ、今度は、Ｐハイアットにしよう。食事も予約しておくからね。五十三階の夜景の綺麗なレストランで一緒に食事をして、プレイしよう。してくれるね？　また、必ず連絡するからね。……それから、僕が前々から君に言っていること、考えておいておくれね……。お願いだよ。僕は一生、君を大切にする自信はある。経済的にもね。……もう、僕は麻美女王様の愛、いや、愛の鞭……無しには、生きていけそうにもないからな……」

おとなしく金を払う佐伯のすがりつくような目を思い出しながら、麻美は冷たい優越の笑みを浮かべた。携帯電話の留守録には、幾人もの奴隷達のメッセージが入っている。他は、ホテルのバーなどで声を掛けられて知り合った、青年実業家やサラリーマン達だ。ふん、彼女は鼻で笑った。

（こんなセックスだけが目的の男達の誘いに直ぐ乗るほど、軽い女じゃないわよ、私は。ふふ……今度はどのようにして、贅沢な思いをさせてもらおうかしら……）

「お客さん、いい香りですねえ。何ていう香水なんですかあ？　甘くって、凄くいい匂いですよー」

タクシーの運転手が、麻美に声を掛けた。麻美は微笑み、少し鼻に掛かった声で答えた。

「そう？　この香水は、〈ドルチェ・ヴィータ〉って言うの」

「は？　ド……ドルチェ……？」

「ふふふ……。〈ドルチェ・ヴィータ〉。クリスチャン・ディオールから出ているの。イタリア語ね。〈甘い生活〉っていう意味よ」

私にぴったりの銘柄でしょ、と心の中で付け足す。やたらに褒めちぎる運転手の話を適当に受け流しながら、麻美はタクシーの窓から外を見た。

空には、鋭く光る、凶器のような形をした三日月が浮かんでいた。

レイプ未遂

麻美はその夜、帰りが遅くなった。出版社へと赴き、帰りに担当の編集者に飲みに誘われ、付き合ったからだ。久し振りに電車に乗って帰って来て、駅に着いた頃には十二時を過ぎていた。麻美の住む街はベッドタウンの為、繁華街があるわけでもなく、夜は人通りも無くて寂しい。駅からマンションまでタクシーに乗るほどの距離ではないから、彼女は歩くことにした。大通りはまだしも、そこを過ぎる頃には、周辺はほとんど真っ暗闇で、さすがの麻美も恐怖を感じた。特に、例の工事現場の近くを通る時は、不気味だった。あの、品性のかけらもない男達の姿が一瞬目に浮かんだが、それを振り払い、麻美は気丈さを保った。ちょうど夏の盛りで、肌も露な麻美の身体の周りを、生暖かい風が吹き抜けてゆく。車で移動すれば良かった、彼女はそう思いながら、ヒールを鳴らして足早に闇の中を歩いた。

マンションの近くには、公園があった。昼間は小さく何の変哲もないような公園が、夜の闇の中では、やけに巨大に見える。麻美は、ふと、足を止めた。背後で、じゃり、という微かな音が聞こえる。彼女の背筋を、冷たいものが走った。さっきから誰かにつけられているということに、麻美は気づいていた。マンションまで、あと五分ぐらいだ。麻美は足早に、次第に加速しながら歩き始めた。いきなり駆けると、相手が急に追い掛けて来るかもしれないし、ハイヒールを履いている為、慌てて転ぶともっと危険だ。

彼女の心臓は高鳴り、ノースリーブから伸びた腕は震えた。じゃり、じゃりという靴の音は次第に近づいてくる。麻美はいてもたってもいられず、バッグから携帯電話を取り出し、誰かに電話を掛けながら歩こうとした。何かが起きたら、警察に通報してくれるだろう。その時だった。つけて来た男が、突然凄い勢いで、麻美に飛び掛かった。キャーッ！　彼女は叫んだが、その声も虚《むな》しく、辺りに人の気配は無かった。

男は、もの凄い力で麻美を押さえつけた。横幅のある頑丈な身体つきだ。汗の匂いがして、麻美は身の毛がよだつ思いで必死に男を振り払ったが、後ろからはがい締めにされ、口を塞《ふさ》がれてしまった。彼女の目に恐怖の涙が滲んだ。そして男に首筋を殴られ、徐々に意識が遠のいていった。

気づいた時には、麻美は公園の草むらの中に連れ込まれていた。目を開けると、間近に男の顔があった。麻美は、またも悲鳴を上げようとしたが、口を布のようなもので塞がれている為、声を出すことができない。手足も縛られているので、服装の乱れも分からなかった。でも、パンティーはまだ脱がされていなかったし、ブラも着けられたままであることは、認識できた。

生まれて初めて拘束された麻美は、屈辱と恐怖で身を震わせた。男は、青褪めた彼女を見下ろしながら、日焼けした顔に笑みを浮かべていた。顔を知られたくないからか、サングラスをかけていたが、左の頬には何かで切ったような傷痕《きずあと》がある。

「安心しろよ。まだヤってないよ。へへへ、俺は、意識の無い女をヤル趣味は無いんでね。これからたっぷり味わわせてもらうぜ、姉ちゃん。何だよ、怖いのかよ、そんな顔して。しかし、あんた、別嬪《べっぴん》さんだなあ。ナイス・バディだしよ。俺、もうさっきから、アソコがビンビンよ。へへ、もう我慢できねえや」

男は下卑た笑顔でそう言うと、急いでチャックを下ろし、ズボンを脱いだ。薄汚れたブリーフの上からでも、男のイチモツは激しくいきり勃っているのが分かる。麻美は、その男の盛り上がった股間を見て、恐怖に慄《おのの》いた。

（こ……こんな）

麻美は思った。

（こんな汚らわしくて卑しい男の性器が、私の身体を犯すというの？　嫌、そんなの、絶対に嫌。そんなことをされるぐらいなら、死んだほうがマシだわ）

麻美は、思わず舌を嚙み切ろうとした。しかし、口を塞ぐ布が邪魔をし、それができない。布が無かったら、麻美は舌を嚙み切っていただろう。ＳＭの女王などをして奔放に生きて来た彼女だが、性に関しては、ある面非常に潔癖だ。麻美はもちろん処女ではなかったが、膣に性器を入れさせたのは、後にも先にも初体験の男だけだ。それは、麻美が膣があまり感じないというせいもあるが、彼女は男を自らの手で汚すのは好きでも、相手に汚されるのは好きではないからだ。麻美は、男女関係でも、性の面でも、常に男性より自分が優位に立っていなければ気が済まない。彼女の周りにいる、上質な男性達に対してさえ、そうだった。

　それなのに、何故、こんな薄汚くて知性のかけらも無いような男に、犯されなければならないのだろう。屈辱の涙を浮かべる麻美の前で、男がブリーフを脱ぎ下半身を露にした。男のペニスは生臭い匂いを放ちながら、彼女の目の前へと突き出される。その男のペニスは、麻美が見慣れた奴隷達のそれより、何故か数倍も大きく見えた。今まさに犯されるかもしれないという恐怖感が、彼女にそう思わせたのだろう。

　麻美は目を大きく見開き、絶望しながら、断末魔の叫びを上げた。布が口を塞ぎ、言葉にならなかったが、そうせずにはいられない。男が彼女の身体に伸《の》しかかった、その時だった。男がふいに、崩れ落ちた。麻美は動かなくなった男の身体の重みを感じながら、一瞬の出来事に、何が起きたか分からなかった。男の生暖かいペニスの感触が、スカートの上から伝わってきて、おぞましさに鳥肌が立ちそうになったが、どうやらすんでのところで自分が助かったことに気づいた。

「大丈夫か？」

　背が高くてよく日焼けした、野性的な顔立ちの男が目の前に立っていた。男は、麻美の見覚えのある作業服を着ている。麻美は、その男に助けてもらえたことにようやく気づくと、安堵ゆえか急に意識が遠のいていった。

意識が戻った時、麻美は公園のベンチの上に寝かされていた。

「よう、やっと気づいた？」

麻美を助けてくれた、逞《たくま》しい肉体をした若い男が、隣にいた。彼女は慌てて、服の乱れを確かめた。下着はちゃんとつけられたままで、乱暴された形跡も無い。そんな麻美を見て、男は笑った。麻美は、訝《いぶか》しげな目つきで、男を見た。

「俺、何にもしてねえよ。安心しなよ。第一さ、俺、あんたのこと、助けてやったんだよ」

「……そうね。有難う……」

麻美は、かすれた声で男に言った。まだショックが残っているのか、小声だ。ノースリーブから剝《む》き出しになった彼女の二の腕に、薄汚れたタオルが巻き付けられていた。

「血が出てたんだよ。俺、汚ねえタオルしか持ってなくて」

彼女は男の顔をよく見た。彫りが深くて浅黒く、目つきは鋭くて、どこか野生の動物を思わせる。獣の眼だ、麻美は思った。身体も大柄で、作業服から剝き出しになった腕は、筋肉質だ。先ほどの男を一発で倒すのだから、力も相当なものだろう。

どこかで見たことのある作業服だと、麻美は思う。そして直ぐに思い当たった。あの、近くの工事現場の男達が着ている服だ。彼女はもう一度、男の顔をよく見た。そういえば、見覚えがある。あの工事現場の中でも、飛び抜けて背が高くて、いつも麻美が通ると軽く会釈する男だった。

「貴男、工事現場で働いている……」

「あ、思い出してくれた？　嬉しいな、見覚えはあったってわけか。俺、一応挨拶はしてたつもりだったんだけれど、誰かさん、無視して通り過ぎて行っちゃってたからさ」

男はそう言って笑った。麻美は、申し訳ないことをしたような気持ちになって、俯いた。ストッキングが伝線し、足にも血が滲んでいる。

「大丈夫か？　痛くない？」

「ええ……。大丈夫よ。痛くないわ……」

麻美は、自分の周りの男達には決していない〈動物の匂い〉を持った男に、少し戸惑いながら答えた。男は麻美に、無事だったバッグを渡した。麻美は礼を言って受け取ると、ハンカチを取り出して傷口にそっと当てた。

「あんた、助けてあげた途端に気絶しちゃって、ここまで運んでくる時に何処かに引っ掛けたんだな。あんた運ぶの大変だったよ。いや、結構重かったからさ。……あ、ごめん、怖い目で睨《にら》むなよ。何だ、あんた、気が強いんだ。そういや、勝気そうな顔して歩いてるもんな」

男は独りで楽しそうに笑った。笑うと、鋭い目つきが、優しいそれとなる。麻美も男につられて、微かに笑った。恐怖は完全に解け、気持ちも落ち着いてきた。何か自分とは違う空気を感じながらも、麻美は男に、不快感は抱いてなかった。

「俺、竜也《たつや》ってんだ。あんたは？」

「麻美……よ」

「麻美さんか。いい名前だな、あんたに合ってるよ。あ、あんた、なんて失礼か。また睨まれちゃうよな。麻美さん、に合ってるよ」

麻美は、先ほどのレイプの恐怖からすっかり免れ、この竜也という好青年のペースに乗せられていた。作業服を着た男と一緒にいるのが、何故か彼女は楽しかった。男は、汗の匂いがした。動物の匂い……獣の匂いがした。麻美はふと、弟の高貴を思い出した。高貴には、この竜也のような匂いを感じたことは一度も無い。彼女は、獣の匂いがするような男は苦手だ。はっきり言って、嫌いだった。だから、そのような匂いのする男は、傍に置かなかった。竜也の〈匂い〉を息苦しく感じながら、でも、麻美は彼に引きずられていた。

「ねえ、麻美さん、お腹空いてない？　この時間じゃ、閉まってるトコばっかだけど、俺のよく行く牛丼屋とか、まだやってるしさ。なんか、せっかく知り合えたのに、このままサヨナラすんの、もったいないんだもん。……麻美さん、美人だしさ。麻美さんみたいな人と知り合える機会なんか、滅多にないしさ……。俺、御馳走するよ。だから、ちょっとでいいから、付き合ってよ。ちゃんと、家の近くまで送るしさ。それとも、疲れたかい？」

竜也の眼差《まなざ》しは真剣で、麻美はふと目を逸《そ》らした。そして一呼吸置くと、言った。

「そうね。そう言ってくれるなら。でも、明日、忙しいから、ちょっとだけね」

彼女の答えに、竜也は立ち上がって、素直に大袈裟に喜んだ。その姿を見て、麻美は何故だか、この動物の匂いがする男を可愛く思った。先ほどのショックは、ほとんど癒《い》えていた。


竜也は麻美を、よく行くという牛丼屋へと連れて行った。麻美は恐る恐るカウンターへと座った。彼女は牛丼屋などに今まで一度も足を踏み入れたことがなく、初めての経験だ。決して綺麗とは言えない店内を見回し、麻美は落ち着かない。

(何だか、異次元の世界みたい)

麻美はそんなことを思った。メニューも何処に置いてあるのか分からず、戸惑ってしまった。

「えーっと、俺は大盛りで汁だくの玉入りね。……麻美さんは？」

竜也は、水を持って来た店員に、慣れた口調で注文した。麻美はどうやって注文していいか分からない。麻美の戸惑っている様子に、竜也は、同じのをもう一つと付け加えた。麻美は、店員が持って来た汚れのついたコップを複雑な思いで見た。

「麻美さん、牛丼なんか、あんまり食べないの?」

場違いのような顔をしてカウンターに腰掛けている麻美を見て、竜也が言った。

「え……ええ。私、こういう所、初めて入ったから、慣れてなくて……」

少し不安そうに麻美が答える。竜也は、そんな彼女を見るのが、楽しそうだ。からかっているような表情で、麻美を眺めていた。明るい所で、竜也に不躾に見つめられ、麻美はあまり愉快な気持ちではなかった。

隣に座っている竜也からは、微かに汗の匂いのような、すえた匂いがした。明るい所で見る竜也の横顔は、整ってはいるものの、にきびの跡などが目立っている。いかにもコンビニの弁当や、ファーストフードの食事ばかりをしているような肌だ。白いタンクトップは薄汚れているし、ダブダブした鼠色の作業ズボンも、お世辞にもカッコ良いとは言えない。やけに大きなスニーカーも、土にまみれている。そして飾り気のない黒い短髪が、竜也の〝野性〟をよけいに引き立たせていた。

(やっぱり、誘いを断って帰れば良かった……)

不安そうな表情の麻美を見て、竜也が言った。

「そうか……。麻美さんは、こんなトコ、来ねえよな。イタリア料理とかさ、フランス料理とか、食ってそうだもんな。第一、そんなボディコンで牛丼屋になんか来る女、いねえよな」

彼は大声で笑った。店には麻美と竜也しか客がいなくて、店員もカウンターの中には入って来ずに裏にいるので、二人きりのようだ。麻美も薄笑みを浮かべたが、お愛想のものだった。

「悪かったな。こんなトコ、付き合わせちゃって」

竜也がポツリと言った。麻美は、竜也の顔を見た。浅黒い顔は、何故か、帰る所の無い野良犬を思わせる。彼女は、自分を危機から助けてくれた竜也に、急に悪いことをしたような気分になった。取り繕うように、表情を和らげて、麻美は言った。

「ううん。一度入ってみたかったの。何事も、経験でしょ？」

麻美は、竜也に微笑み掛けた。その麻美の表情を見て、竜也はつられたように微笑んだ。竜也は笑うと、その野良犬のように荒々しい鋭い目が、可愛い子犬のようなそれへとなる。麻美は、竜也の目を見ながら、自分の心の中に、生まれて初めて抱くような不思議な気持ちが芽生えてくるのを感じた。麻美は何故だか、ふと竜也の目から視線を逸らした。でもそれは、決して不快な気持ちからではなかった。

店員が、注文した牛丼を持って来た。箸が無くて戸惑っている麻美に、竜也は傍に置いてある箱から取り出して渡した。

「ここ、セルフサービスなの。あ、紅生姜《べにしょうが》、掛ける？　これ、たっぷり掛けると、うまいんだぜ」

竜也は紅生姜を摑《つか》むと、麻美の丼の上へと乗せた。腕を伸ばした時、竜也の脇の下に、野性の黒い茂みが見えた。麻美は、もう彼のすえたような汗の匂いも、気にならなくなっていた。仕事で怪我《けが》をすることもあるのか、よく見ると竜也の腕には所々に傷痕がある。竜也は自分の丼に、紅生姜を山盛りに乗っけた。その量のあまりの多さに、麻美は思わず噴き出した。

「なんだよ。……紅生姜好きなんだよ、俺。ふん、食べ方は人それぞれさ。こうやって食うと美味いんだよ、食ってみれば分かるって！……あ、ごめん。ビールも頼んだほうがいいよな。やだな、俺まで何か緊張しちゃって、ビール頼むの忘れてたよ。ねえねえ、ビールも二本ね！」

竜也も緊張していたのだと知ると、麻美はますます愉快になった。

（たまには、こういう、自分とは別の世界の人と話してみるのも、いいわね。今後、色々と

物を書く時に、参考になるかもしれないわ）

麻美の好奇心が、頭を擡げる。そして目の前の、紅生姜が乗ったドロッとした牛丼を見て思った。

（これを食すのも、一つの経験ね）

彼女は恐る恐る、牛丼を一口食べた。その味は、舌の肥《こ》えた麻美には、決して美味しいものではない。だが、耐えられないほどの味ではなかったので、あまり噛まずに飲み込んだ。無邪気に「奢《おご》ってあげる」と言った竜也に、悪いと思ったからだ。

竜也は牛丼を前にすると、麻美のことはひとまず忘れたかのように、ガッつきながら食べた。それは見事な食べっぷりだ。丼を口元に、かき込むようにして食べ、口をモグモグさせながらも付け合わせの豚汁を音を立てて啜る。下品というよりは、野生の動物のような竜也の食べ方を見て、麻美は初め驚き、徐々に面白くなった。彼女の周りには、こんなにダイナミックな食べ方をする男性はいない。

（さすが、肉体労働のお兄さんだわ）

麻美は心の中でほくそ笑んだ。弟の高貴などは、ナイフとフォークを巧みに使い、まるで女の如くついばむように食べる。竜也はどうやら、箸のちゃんとした持ち方も知らないようだ。麻美のそんな心の内も知らず、彼は夢中で食べる。牛丼が終わりかけた頃、竜也は麻美が自分を見つめていることに、やっと気づいた。

「なんだ、全然食ってないじゃん。あ、やっぱ、口に合わなかった？」

口の周りについた米粒を逞しい腕で拭き取りながら、彼は言った。

（ホント、まるで動物みたいな人だわ）

麻美はそう思いつつも、優しい口調で答えた。

「ううん。何か……さっきのことが、やっぱりショックだったのね。せっかく誘ってくれたのに、お腹、空いてなかったみたい。ごめんなさいね」

「そうか……。そうだよな。男に、あんなことされそうになったんだもんな。悪《わり》い。俺、ホント、女性の心理っつーモンを知らないんだよ」

二人は目を見合わせて笑った。そして竜也は眉を掻いてちょっと表情を変えると、麻美の前の丼に手を伸ばした。

「じゃあ、これ、俺食べていい？　俺、牛丼好きなんだ」

答える間も無く、竜也は麻美の食べかけの丼を摑んで、彼女が使っていた箸で食べ始めた。あまりに不躾だったので、麻美は一瞬呆然としてしまった。竜也は米粒のついた口元を少し歪《ゆが》めてニヤリと笑うと、彼女の赤い口紅がついた箸で、飯をかき込んだ。竜也は紅生姜を更に多く乗せると、勢い良く食べ、箸をしゃぶるように舐めた。その姿は、いくら食べても、その腹はなかなか満たされることのない、肉食獣のようだ。

麻美は、彼のその行為に、何か挑戦的なものを感じた。竜也は食べかけの牛丼をガツガツと貪り、空になった器を荒々しくカウンターに置くと、さすがに満腹といった表情で腹を手で摩《さす》った。そして、麻美のグラスにビールを注《つ》いだ。竜也の手は大きく、指も太く長くて節くれ立っている。

「ビールは、飲めるだろう？　飲めよ」

竜也はそう言って麻美に勧めると、自らグラスにビールを注ぎ、一気に飲み干した。麻美は、竜也のその旺盛な食欲に、ただただ呆れた。

「……ホントはさ、見てるだけじゃなくて、麻美さんにビール注いでもらいたかったんだけれどな、俺」

竜也が少し不貞腐《ふてくさ》れたように言う。麻美は素直に謝り、彼のグラスにビールを注いだ。竜也は、サンキュ、と言うと、美味しそうに啜った。食欲が治まると、彼は麻美にまた色々と話し掛けた。

「ねえ、麻美さんって、モデルさんか何か？　スタイル、いいよね」

煙草をくわえながら、竜也が訊ねる。

「……うぅん。学生の頃はしたこともあったけれど。今は違うわ」

ビールを啜り、麻美は答えた。

「ふうん。じゃあ、銀座なんかの高級クラブのホステスさんとか？」

竜也は、グラスを持つ麻美のしなやかな指を見ながら訊ねた。伸ばした爪には、パールピンクのマニキュアが丁寧に塗られている。麻美は、フッと笑って答えた。

「それも学生時代に経験はあるけれど、今は違うわ。よく、間違えられるけれど」

「そうだよな。それにしては、俺達の現場を通る時間がまちまちだもんな。会社勤めではなさそうだし。……見当がつかないや……。ああ、そうか……。いや、もし気分を悪くしたら、ごめん」

「何？　言ってみてよ。私、よく言われるのよ、正体不明、って」

二人は顔を見合わせて笑った。竜也は、少し真剣な顔をして麻美を横目で見て、言った。

「愛人さん……かな？　スゲー金持ちかなんかの。あんた、何か雰囲気違うもんな。そこら辺の女とは。生活感、っていうのかな。しみったれた所、全然無いしさ。なんかさ、ゴージャスっていうの？　そういう感じがするじゃん、麻美さんって。……あ、でも悪い意味で言ったんじゃないから、俺。ただ、あんまり一生懸命働いてない感じなのに、優雅な生活送ってるみたいだから、そう思ったんだ」

麻美は、彼の意外にも鋭い指摘に、思わず苦笑してしまった。当たらずも遠からず、だからだ。

「……そうね。半分以上は正解かな。でも、いわゆる〈普通〉の愛人ではないけれど」

ビールを飲んで気分が高揚した麻美は、幾分饒舌になっていた。

「やっぱりな。男に貢《みつ》いでもらっているって顔してるよ、麻美さん。でも……普通の愛人ではない、って、どういうこと？」

煙草の火を揉み消しながら、竜也が訊ねる。麻美は、ふふっと悪戯っぽく笑って、彼の顔を見た。

「……それは、ナイショよ」

「何だよ、ここまで教えて、最後までは教えてくれない、ってか？　いいじゃん。俺、誰にも言わねえよ。気になるじゃん、〈普通〉の愛人ではない、って。異常な愛人ってコトかよ？」

そのようなことを真剣な表情で訊く竜也に、麻美はまたも笑ってしまう。牛丼屋でこんな話をしていることも、彼女には何だか滑稽に思えた。麻美は、店員が奥にいることを確認すると、呼吸を整え、正直に答えた。

「うふふ。驚かないでね。私、〈女王様愛人〉なの。ＳＭの女王様をしているのよ。普通の愛人のように、男と寝ることはしないの。ＳＭプレイの女王様をして、男の人達に貢いでもらっているのよ」

麻美の答えに、竜也は驚いたように目を大きく見開いた。女王様の愛人とは、さすがに考えつかなかったらしい。でもその答えに、竜也は俄然興味を持ったようだった。

「へえー。何か、スゴイじゃん。女王様なんだ。スゲー、俺、女王様って間近で見たの、初めてだ。SMって、あのSMだろ？　俺、SMって興味あるけど、したことってないんだよな。SMクラブに一度でいいから行ってみたいとは思ってんだけどさ。女王様のボンデージとか、カッコいいもんなあ」

感心したように竜也が言う。麻美は、彼がSMを少しは知っているということを、意外に思った。

「竜也君、SMに興味あるの？」

「うん。あの女王様の恰好って、カッコいいじゃん。俺、あんな恰好した女に、一度責められてみたいんだよね。俺、正直ヘルスとかソープはたまに行くんだけれどさ、SMクラブってなんかちょっと怖いじゃん。ナニされるか分かんないっていう。……笑うなよ。いいよなあ、女に責められる、って。ってことは、俺はMなのか。麻美さんは、女王様だけなんだろう？　Mもするの？」

「……私、M女は絶対にイヤ。できないわ。男の人に跪くなんて、まっぴらごめん。跪かせるのは大好きだけれど」

　先ほどから言葉を和らげて話していた麻美が、この時ははっきりと答えた。女王様に対する彼女のプライドが見えたようだ。その口調の変化は、もちろん竜也にも分かった。

「いいな。俺、そういう本当の、真の女王様って人に責めてもらいたかったんだ。俺さあ、仲間の内でも結構こわもてなの。分かるだろ？　でも、実はMっ気大アリなんだよね。意外だろ？　でもさ、実際、Mのヤツって、決してそうは見えない男ばかりだって言わない？な、そうだろ？　俺は全然違うけれどさ、マゾの男って、社会的地位が高いヤツが多いって言うじゃん。……麻美さんも、そういうヤツらから貢いでもらってるんだろうけどさ。あと、マッチョ系で一見強そうなヤツも多いって言うよな。俺は、まさにそっちだよ。マッチョ系M」

　やけにハイテンションで楽しそうに喋る竜也に、麻美は、初めて自分との共通点を見出した。SMというものは、知らない人は全く知らないものだ。しかし、この竜也という男は、実践はまだ無くても、少なからずSMに興味はあって、基礎知識は持っているようだ。偶然の出会いをした彼に、麻美は不思議な縁を感じた。

「ねえ、麻美さんて、女王様するようになって、長いの？　いつ頃から始めたの？」

「そうねえ。大学生の頃からしてたから……もう七、八年ぐらいになるわね。今は、その経験談なんかも、雑誌に書いたりしているのよ。機会があったら、読んでみてね」

「へえ、スゴイな。雑誌に書いたり……って。カッコいいな。俺なんか、文章なんか全然書けないもんな。それに……麻美さんって、大学出てるんだ。頭いいんだな。そういや、お嬢さんっぽいもんな、麻美さんって。……俺なんか、高校もロクに出てねえからな。族に入って毎日毎日喧嘩ばっかでさ、ポリ公ともよくヤッたよ」

麻美は竜也の話を、黙って聞いていた。

「ある時さ、敵の族と大喧嘩して、仲間がやられそうになって助けようと思って、相手の一人を大怪我させちゃってさ。……かなりの重傷でさ。そん時オマワリに捕まって、少年院送りだよ。目、つけられてたからな、俺。……そこではさ、なるべくおとなしくしてて、なんとか出て来て、それからはずっと肉体労働さ。これでも、結構マジメにはやってるんだよ。親方、いい人だしさ。こんな俺でも、可愛がってくれるんだ。……麻美さん、怖いかい、俺みたいな男のこと？」

麻美は竜也の、右頬の傷痕を見た。それほどは目立たないが、切ったような跡が、透明な線となって微かに残っている。逞しい腕にも、擦り傷や切り傷が何箇所もあった。麻美は、竜也の身体の傷から、ふと目を逸らした。そして、はっきりと答えた。

「別に、怖くないわ。私、女王様ですもの」

竜也は、彼女の返事を聞いて、噴き出した。さもおかしそうに笑ったあと、少し真剣な表情で麻美を見つめ、竜也は言った。

「……あのさ、麻美さん。こう言っちゃなんだけれど、助けてあげた代わりに、っていうかさ、あの、お願いがあるんだ。何か、貸しがあるような言い方で悪いんだけれどさ、俺の頼みを聞いてくれないかな」

「……うん。特別無理なことでなかったら。何？　言ってみて」

麻美は訊ねた。竜也に何かお礼をしなければならないと、思っていたからだ。

「あの……さ。あの……。ああ！　もう言いにくいけど、言っちゃうわ。俺、さっき、一度女王様の調教を受けてみたかったって、言ったじゃん。俺、麻美さんみたいな人に、調教されてみたいんだ。俺、何でも言うこと、聞くよ。鞭とかで、思い切り叩いてもいいよ。俺、身体頑丈だから、叩き甲斐あると思うし。蹴りとかも全然OKだし。聖水も、麻美さんのだったら飲むよ。あ、でも黄金はちょっと、まだ無理かな……」

麻美は竜也の真剣な口ぶりに、思わず微笑んだ。Mの男性はエリート達にも多いが、その筋の人や元ヤンキーにも多いというのは、どうやら本当のことのようだ。

「あの……さ、だから、一度、お願いできないかな。麻美さん、年下の男とか、イヤ？　俺、今二十三で、麻美さんは……」

「今年、二十八よ」

　麻美は微かに笑みを浮かべて言った。

「いいなあ、俺、それぐらいの歳の人、好きなんだ。俺、姉さんとかいなかったから、年上の人に甘えてみたいっていうのが、ずっとあってさ。俺が小さい時に両親離婚してるから、母ちゃん、俺のこと育てる為にずっと働きに出ててさ。だから、年上の女の人って、憧れるの。……あ、もし代金が必要なら、払うよ、俺」

　竜也の素直な懇願に、麻美の心は動かされた。昔不良だったと言っても、今は真面目に仕事をしているようだし、そんなに悪い男でもなさそうだ。それに、何と言っても、助けてもらったという借りがある。別に、「ヤラせてくれ」と言っているワケでもないし……。麻美は判断し、返事をした。

「代金は、いいわ。そうね、助けてもらったし、私でよければ調教させて。その代わり、SMのルールは守ってね」

「ええ！　ホント！　嬉しいなあ。俺、まさかあんな偶然で、理想の女王様に出会うと思わなかったよ！　えー、すっげえ嬉しい、俺！　ホント、すっげえ嬉しい！」

　竜也の上げた声が大きかったので、奥にいた店員が思わず振り返る。麻美は声を抑えるよう、竜也に注意した。二人は声を潜めて待ち合わせの場所や時間を決め、携帯電話の番号を教えあった。牛丼屋の中でこんな話をするなんてシュールよね、麻美が言って、二人は笑った。三日後の日曜日に場所は六本木のＳＭホテルで、と約束した。竜也が、一度そのホテルに行ってみたいと言ったからだ。

約束を取り決めた二人は、新しいビールを頼み、啜った。その時ふと、麻美は何か鋭い視線を身体に感じ、隣にいる竜也を見た。麻美を見る彼の目が、その時、何故か異様に光っているように感じた。竜也は、射抜くような視線で、彼女のたわわな乳房を見つめていた。その表情も、先ほどまでの笑いが消え、強張《こわば》っている。麻美はその顔を見て、一瞬怖くなったが、竜也は直ぐに笑顔になったので、あまり気には掛けなかった。店の中に、他の客達が急にゾロゾロと入って来て、二人は牛丼屋を出ることにした。

……麻美は、気づかなかったのだ。竜也が、この店にいる間中ずっと、〈獲物を狙う獣の眼〉で、彼女を盗み見ていたということに。

次の日、麻美は工事現場の前を、足早に通り過ぎようとした。ちょうど昼時だったので、仲間と弁当を食べていた竜也が目敏く彼女を見つけ、「よう！」と声を掛けた。麻美は微かな会釈をすると、私には関係がないといった表情で、竜也達の前を通り過ぎた。工事現場の男達に、竜也のような男の知り合いと思われるのが嫌だったからだ。昨夜とは打って変わって冷たい態度の麻美だ。でも、彼女は、竜也との約束はちゃんと守るつもりでいた。

竜也は、長い髪が風に靡く麻美の後ろ姿を、見えなくなるまで、じっと見つめていた。

竜也の企み

日曜日、竜也は麻美を車で迎えに来て、六本木へと向かった。彼はタンクトップにジーンズのラフな恰好で、中古で買ったという真っ赤な国産車の中ではローリングストーンズが大音量で掛かっている。

「今日は女王様にどんなことをされちゃうのかな、俺。ドキドキだよ」

竜也はそう言って笑った。声を掛けて麻美に無視されたことも、大して気にしていないようだ。竜也は、買っておいた缶ジュースを彼女に渡した。麻美は、竜也と二人なので、別に冷たくもなく、普通の態度を取った。

ロシア大使館の近くにあるそのSMホテルには、麻美は奴隷と一緒にたまに行く。日曜日だから満室かと思ったが、まだ数室空いていた。竜也が診療台のあるところがいいと言ったので、〈奴隷市場〉という部屋を選んでチェックインした。中は薄暗く、赤と紫の卑猥《ひわい》な照明が灯っている。

「へー、スゲエなあ。色んなものがあるんだなあ」

竜也はそう言いながら、部屋を眺め廻した。壁に掛けられた道具も、部屋の作りも、全てに興味があるようだ。

「ねえ、これは何?」

ベッドに付けられている枷を見て、竜也が麻美に訊ねる。

「ああ、それで手と足を括《くく》りつけて固定しちゃうのよ。そうすれば、身動きできないでしょう?」

「なるほど。ベッドの上で思いのまま、ってことか」

竜也は、ニヤリと笑った。その部屋は、トイレもドアが無く布切れ一枚で仕切っているだけだった。はりつけ台といい、吊り道具といい、まさに〈SM〉の匂いが立ち込めている。

竜也は、診療台を興味深そうにチェックしていた。

「竜也君、括り付けられたいの? そこに縛りつけて、蠟《ろう》責めにしてあげましょうか? それとも、お浣腸してあげようか？」

意地悪そうに、麻美が言う。数々のＳＭ道具と年下のマゾ男性を前に、彼女のサディスティックな血が疼き始めたのだ。竜也は少し恥じらったような笑みを浮かべると、唐突に麻美の足元に跪き、奴隷の挨拶をした。

「麻美女王様、今日は女王様の奴隷になることができて、大変幸せです。まだ、未熟なマゾ男ですが、今日はどうぞ宜しくお願いします」

麻美は彼の突然の態度に少々面食らいながらも、毅然《きぜん》として、自分を女王様モードへと切り替えた。そして、履いていたピンヒールの爪先を竜也の鼻へと突きつけた。

「いい子ね。今日はたっぷりとお前を可愛がってあげるから、女王様の言うことを何でも聞くのよ。ふふふ、言うことが聞けたら、私のこの自慢の足も、お前にたっぷり舐めさせてあげるわ。……じゃあ、お前、身を清めてらっしゃい。私、その間にボンデージに着替えるから」

竜也は、「はい、分かりました女王様」、と返事をすると、麻美の足に触れるような口づけをした。そして立ち上がり、バスルームへと行った。傍で並ぶと、竜也はやはり大きい。仕事柄か全身が筋肉質で、サバンナの草原を駆ける野生の動物のようだ。

（今まで調教してきた男の中では珍しいタイプだわ）

彼女が今まで自ら選んで調教を与えてきたのは、皆、インテリタイプの男達だった。そういうマゾが、彼女の好みなのだ。(知性派というにはほど遠いけれど)、麻美は心の中で呟いた。

(身体は丈夫そうだから、たっぷり鞭や蹴りで愉しませてもらいましょう。そうだわ、人間サンドバッグにしちゃおう、っと。ちょっとやそっとじゃ、ビクともしないわよね。だって肉体労働者なんですもの)

麻美は、真紅のエナメルのボンデージに着替え、靴も同じ色のピンヒールに履き替え、鏡に向かって微笑んだ。女王様としての準備は完了だ。

腰にタオルを巻いた姿で、竜也がバスルームから戻ってきた。麻美は、彼の浅黒い肉体に、一瞬見惚《みと》れた。その厚い胸板も、逞しい腰も、竜也の野性を充分に発散させている。

(さすが肉体労働をしているだけあるわ)

竜也は麻美の前に跪き、恭《うやうや》しく再び奴隷の挨拶をした。

「女王様、身を清めて参りました。どうぞ宜しくお願い致します」

麻美は尖ったピンヒールの先を、竜也の背中に食い込ませながら言った。

「うふふ。いいわよ。お前、いいカラダをしているじゃないの。おほほ、今日は鞭と蹴りをたっぷり与えてあげる。人間サンドバッグにしてあげるわ」

「はい、麻美女王様。お好きなようにしてください。あの……もし宜しければ、診療台に……括り付けて欲しいです……」

竜也は濡れるような目で、麻美に懇願した。麻美は妖艶な笑みを浮かべると、竜也の背中に更にヒールの先を食い込ませ、言った。

「いいわよ。診療台にお前を括り付けて、蠟責めにしてあげる。おほほ……筋肉だけが取り柄のお前のその身体に、真っ赤なお花を咲かせてあげるわよ！……さあ、立って、こっちにいらっしゃい！」

麻美は竜也の濡れた髪を摑むと、早く立ち上がれ、というように引っ張った。竜也はおとなしく立ち上がり、麻美に連れられ診療台へと向かった。ハイレグカットのボンデージを着た麻美の後ろ姿は、高いヒールで歩くたびに、その豊かな尻がプルンプルンと揺れる。

診療台は椅子の形で、首、手、足を固定する枷も装着してあり、括り付けて悪戯することができるようになっている。麻美は、手枷と足枷を外して準備をした。

「さあ、たっぷり虐めてあげるから、そこに腰掛けなさ……」

その時、竜也が豹変した。まるで獲物に襲い掛かる獣のように、麻美に飛びついたのだ。麻美をいきなり荒々しく抱き締め、その唇を、嚙みつかんばかりの勢いで奪った。突然のことに、彼女は何が起こったか分からず、呆然としてしまった。竜也の接吻は激しく、その生暖かく粘ついた舌を乱暴に入れてきた。

麻美は必死で身を捩《よじ》ったが、竜也のその強靭《きょうじん》な肉体で身体を抱き締められてしまっているので、この不快な抱擁から逃れることができない。口を塞がれてしまっているから声を出すこともできず、竜也が強く唇を吸い上げるので、次第に涎が彼女の顎を伝わってくる。麻美は突然の竜也の変貌と、これから起こるかもしれない自分の身への危険を思い、怖くて目に涙が滲んだ。肉体労働で鍛えた彼の強靭な身体は、麻美の抵抗ぐらいではビクともしない。

竜也がやっと唇を解放すると、麻美は涙声で叫んだ。

「何するのよッ！　約束が違うじゃないッ！」

彼女の口の周りは、剝《は》げ落ちたルージュで真っ赤に染まった。口の中が、煙草の味がする竜也の唾液で粘つく。真紅のボンデージを着た麻美の身体は、痛々しく震えていた。

「うるせえッ！　おとなしくしろッ！」

竜也は先ほどまでとは打って変わった態度で、麻美を怒鳴り飛ばした。大柄な竜也の荒々しい怒鳴り声は、恐ろしい響きを持っていた。

（やっぱり、こんな男を信用しなければよかった……）

麻美は心の中で呟き、自分の愚かさを憎んだ。必死で抵抗する麻美を竜也は軽々と抱きかかえ、診療台の上に乗せた。麻美は、括り付けられる恐怖に怯《おび》え、手足を目茶苦茶に動かし、激しく抵抗した。

「いやー、いや、お願い、やめて！」

彼女の必死の抵抗も、涙を潤ませての懇願も、無駄だった。その、気弱になった甘えたような声は、竜也の凌辱《りょうじょく》心を更にかき立てた。竜也は、麻美のふっくらとした白い頰を、強く打った。痛ーい、麻美はそう言うと目から涙をボロボロと零し、身体から力が抜けてしまった。男に頰を打たれるなど、今まで生きてきて、初めての経験だ。親にですら、顔はおろか身体を叩かれる仕打ちなど受けたことは無い。それも竜也のような卑劣で無教養な男に、頰を打たれるなんて……。

あまりの屈辱に、麻美のその高慢な心は一瞬空洞になった。竜也はニヤリと笑うと、その隙に彼女の華奢《きゃしゃ》な手足を枷に括り付けた。麻美の左手に嵌《は》められたエルメスの腕時計は、枷の下に見えなくなった。

診療台の前には、一面に大きな鏡があった。麻美は、そこに、哀れな自分の姿を見た。ボンデージとピンヒールを身につけたまま、診療台に括り付けられて、足を大きく開かせられている無様な姿。まるで、蛙のような恰好だわ……麻美は思った。激しい屈辱と、これから起きるであろう事に対する恐怖で、彼女は身を震わせた。まるで、悪夢を見ているかのようだ。

　竜也は、そんな麻美の姿を見てニヤニヤと笑っていた。バスタオルを巻いただけの彼の股間は激しくいきり勃ち、もう少しでタオルがはだけそうな勢いだ。そしてその肉棒が並の男性以上の立派なものであるということは、タオルの上からでもはっきりと分かる。麻美は竜也の逞しい肉棒の形を目にして、ますます恐怖がこみ上げ、涙を零した。そして、人前で、それもこんな卑怯なことをする野獣のような男の前で涙を見せることの屈辱で、更に悔し涙が溢れた。

　その痛々しい姿が面白いかのように、竜也は麻美を眺め回し、そして頬から顎を今度は優しく愛撫した。竜也の顔が近づくと、その荒く生暖かい鼻息と……動物のような男の匂いで、麻美はますます身を強張らせた。竜也は鋭い目をギラつかせながら、麻美のそうした頑《かたく》なな表情に舌舐《したなめず》りする。彼は意味深な笑みを浮かべると、診療台を一旦離れ、鞄の中から或るものを手にして戻って来た。カメラと、バイブレーターだ。麻美は竜也が手にしたものを見て、一層激しく身を震わせた。

「や……いやーッ！　な……何するの？」

　竜也はサディスティックな笑みを浮かべ、診療台に括り付けられた麻美の屈辱的な姿に、フラッシュをたき始めた。麻美は悲鳴を上げた。

「や……やめてーッ！　何するの。お……お金が欲しいの？　お金なら、貴男が好きなだけあげるわ。……だから……だから、写真に撮るのはやめてッ！　お願い……。お願いよ。写真はやめてッ！　け……警察に言うわよッ……」

竜也は彼女の必死の願いに、ヒステリックな声を上げて笑った。そして、血走った目で麻美を見据えると、こう言い放った。

「ははは！　警察？　警察だって？　言えるもんなら言ってみろよ、女王様。もしそんなことをしたら、この写真を、お前の近所や街中にだってバラまいてやるぜ！……何？　金？　ギャハハハ、そんなもんいるかよ、馬鹿馬鹿しい。……俺が欲しいのは、お前なんだよ、女王様。ずっと、俺はお前が欲しかったんだ。ずっと前から、狙ってたんだよ、お前のことを」

竜也の声は押し殺したように低かった。麻美は目を大きく見開き、唾を飲み込んだ。

「女王様、あんたさ、俺達の仕事場の前を通る時、汗臭くて汚い恰好をした俺達のこと、見下したような態度で歩いてたよな。いつもいい服着て、乳とケツ振ってさ。俺がこの前声を掛けた時だって、無視して行っちまったよな。関わりを持ちたくない、って態度でさ」

「だ……だって、あれは……」

麻美は言葉に詰まった。竜也の血走った目が、一瞬、寂しげな野良犬のようなそれに見えたからだ。竜也は口元を歪め、皮肉な笑みを浮かべると、続けた。

「俺がMなんて、嘘だよ、大嘘！　Sなんだよ、バリバリの。女王様、あんたみたいな高慢チキな女を、メチャメチャにしてやりたいって、ずっと思っていたんだ。だから、ラッキーだったよ、あんたがレイプされそうになったのを助けることができて。こうして、近づけたんだもんな。あん時、あんたが女王様でSMに興味があるって聞いて、俺、思ったんだ。絶対に、あんたを逆調教してやろう、って。俺の愛奴にしてやろう、って……」

竜也は青褪めた麻美に、頬擦りした。麻美は涙を堪えながら、叫んだ。

「う……嘘つき！　卑怯者！」

竜也はフッと笑みを浮かべ、麻美の頬をまたも強く打った。そして、タオルで彼女の口を塞いでしまった。麻美は、ただ悔し涙が溢れるばかりで、もう何も言葉を発することはできない。

「これで、よし、っと。お前の口はうるさいからな。ふふ、それに舌を噛まれでもしたら、大変だからな。これから、たっぷり楽しませてもらうのにさ。おい、静かにしろよ、そしたらいいコちゃんなんだからさ。何だよ、その顔は。へー、女王様でも涙なんか流すのか。何だよ、……怖いのかよ、俺のことが……」

嬲られた女王

麻美の頬を、止めどない涙が伝わった。鏡には、大股を開いてタオルを猿轡の代わりに噛まされた自分が映っている。竜也はバイブを手に持つと、目を光らせながら、それを舐めた。バイブは黒人サイズとも思われるほどの、極太のものだ。竜也は手にしたバイブで、麻美の頬を軽く叩いた。麻美はあまりの恐怖と屈辱に、意識が遠のいていきそうだった。身体が激しく震え、額には汗が滲んだ。

竜也は、麻美が着ていたボンデージの胸元をぐっと摑むと、思い切り胸をはだけさせた。彼女の白く豊かな乳房が、露になる。タオルに塞がれた麻美の口から、「うっ……」という言葉にならない悲鳴が漏れた。竜也は麻美の乳房を強く摑むと、激しく揉みしだいた。彼女が生まれて初めて経験する、荒々しい愛撫。竜也は麻美のまだ薄桃色の乳首を、チュチュッ、と音を立てて吸い上げた。

「ううう……うっ」

麻美の悲鳴を楽しむかのように、竜也はその愛らしい乳首に歯を立てた。片方の乳房を揉みしだき、もう片方の乳首を舐め回す。麻美は、竜也の生々しい男の匂いを感じながら、歯を食いしばった。

「何だよ、女王様、感じちゃってんのかよ？　イッちゃってるような目、してるぜ。でも、色っぽいぜ、お前のそういう顔も。いっつもツンケンして歩いてらっしゃったからよお！　ふふ、でも、もうお前は俺の奴隷だぜ。いやー、嬉しいなあ。ずっとヤリたくてたまんなかった女を、玩具にできるんだもんなあ！　女王様、聞いてんのかよ、お前は俺の玩具なんだよ！」

竜也はそう言うと、彼女が着ているボンデージの股間のボタンを勢い良く外した。麻美の、押し殺したような悲鳴が部屋に響く。竜也は彼女が穿《は》いていた網タイツも、勢い良く引きちぎった。竜也の目の前で、麻美の秘部は露になった。それは目の前の鏡にも、丸見えになって映った。麻美の頰は羞恥で薄紅色に染まり、目からは涙が溢れる。長い睫毛をしとどに濡らし、拘束されたまま秘部を露にしたその姿は、サディストの食指をそそった。竜也は麻美の花弁に直ぐにでも挿入したいのを堪え、鼻息を荒らげながら、彼女のその哀れに堕した姿にシャッターを切った。

麻美の心の中では、もう竜也に対する怒りというものは、薄れていた。

（これから私はどうなってしまうのだろう……）

　そのような得体の知れない不安で、心が、張り裂けそうだった。麻美は、虚ろな目で、カメラのレンズを見つめる。竜也の股間の隆起は、ますます激しくなった。

　竜也は何枚か写真を撮り終えると、荒々しく、麻美の股間をまさぐった。既に麻美の涙は涸れ果てていた。半ば虚脱状態で、竜也にされるがままだ。

「ふふ……。何だよ、お前、濡れてんじゃん。へえ、身体は正直だな。ホントは嬉しいんだろう、こんなコトをされて。ふふ、やっぱり俺が思った通り、お前はマゾだな。これから俺がゆっくり開発してやるよ。お前のマンコ、もうグチュグチュだよ。ほら」

　竜也は、蜜のついた指先を、麻美の目の前に突き出した。麻美は、羞恥で頬を更に赤く染め、イヤイヤというように首を振った。彼女の心の中に、竜也の「思った通り、お前はマゾだな」という言葉が突き刺さる。

　麻美は虚ろな意識の中、自問自答した。私がマゾ？　そんなわけ、ないわ。冗談じゃない。……麻美は長年、マゾ女性というものを、馬鹿にしてきた。男の言いなりになって悦んでいる、性に貪欲で自制心ゼロの醜い女達。頭が足りない、メス豚達。そう嘲笑《あざわら》っていた。……なのに、私がマゾですって？　麻美がもし身動きが取れる状態だったら、竜也に殴り掛かっていただろう。それほど、竜也の言葉は彼女を傷つけた。

（でも……）

　麻美は思った。

（こんなに酷《ひど》いことを、しかも竜也のように品性下劣な男にされているのに……私の下半身は、何故感じてしまっているのだろう）

　ヴァギナが愛液で溢れ返っているのは、自分でも分かっている。そして麻美の熟れた下半身は、彼女の心とは関係なく、竜也の行為に反応してしまう。彼女は、そんな下半身が疎《うと》ましくて、更に頬を赤らめ、またも涙を零した。屈辱と羞恥と悔しさ、そして自分の意思に反して感じてしまう下半身に対する疑問で、麻美の心は壊れてしまいそうだった。

「へえ、麻美女王様のマンコは、まだピンク色なんだな。サーモン・ピンクだ。いやらしい色してんなあ。形もエッチだぜ。伸縮自在ってカンジ。ハハハ、力むとパックリ開いて、また閉じるよ。ナメクジみたいだ。ホント、エッチなマンコだな。さっきカメラで、このマンコ、ばっちり撮ったからよ。当分、それでマスかくことができるな。……ナニ感じてんだよ。ベチョベチョになってるぜ。マスかいてもらえて嬉しいんだろ、お前、淫乱だもんな。……でも、マンコは、どうやら思ったより、あんまり使い込んでいないようだな。女王様ばっかやってて、チンポ挿れさせなかった、ってか？　どら」

　竜也は麻美のヴァギナの中へ、指を突っ込んだ。

「う……ううーっ」

身を捩らせて、麻美が悲鳴を上げた。でも、いくら叫んでも、無駄である。それどころか、逆効果だ。竜也は麻美が怯えた表情を見せると、ますます欲情して、彼女を更に嬲《なぶ》りたくなるからだ。竜也は、彼女のヴァギナへと入れた指を、その中で上下に何度も動かした。麻美のヴァギナは、まるで吸盤があるかのように、竜也の指へとピタッと吸いつく。

「おい……。女王様、あんた名器なのか？　俺の指を、締めつけるぞ。なかなか抜けねえもん。スゲエな」

竜也は、麻美のヴァギナの感触に興奮が極まり、ペニスも更にいきり勃った。すると、屹立したペニスの勢いで、腰に巻いていたバスタオルがはだけてしまった。麻美は、竜也のペニスを、初めて目にした。黒く光る逞しいペニスは、まるで野生の馬のそれのようだ。竜也が手にしていたバイブ顔負けの大きさに、麻美は思わず目を逸らした。竜也は、そんな麻美の恥じらう表情を見て言った。

「ふふ……。後でたっぷり、俺のこのチンポを味わわせてやるからな、女王様よ。何だ、また泣いてるのかよ。ふふ、あまりにデカイんで、驚いたかい？　お前のここに、ぶち込んでやるから、楽しみにしてろよ。お前のマンコは、小さそうだな。こんなデカイの、入らねえんじゃないのか？　ふふ、安心しな。無理にでも、ぶち込んでやるよ。……楽しみだぜ。ずっと、お前にブチ込みたかったからな、俺。お前がケツ振って澄まして歩いていくのを見るたびムラムラして、夜になるとマスかいてたんだぜ。……何だ、凄い濡れてんじゃん。お前、俺みたいな男、嫌いじゃなかったの？　馬鹿にしてんじゃ、なかったの？　すげえな。洪水みたいに濡れちゃってるよ。何だよ、クリちゃんまで硬くしちゃって。お前、イッちゃいそうじゃん。そんなに俺のチンコが欲しいのかよ？　待ってろよ、ガッつくなって。ふふ、こんなに感じやすい淫乱のメスだったなんて、さすが、俺の一番のズリネタだっただけあるな。うわ、すげえ、グッチュグチュだ。ふふ、でも、まだ挿れてやんないよ。もっと虐めてやるからな。それから、ズドン、とブチ込んでやるぜ」

麻美のヴァギナも今にも達してしまいそうなほどヒクヒクと痙攣していたが、竜也のペニスも、床にまで届く液を先端から滴らせていた。何という乱暴で卑猥な言葉なのだろう。麻美は嫌悪の情を露にしながらも、何故だか自分でも分からないほど身体を反応させていた。竜也の荒々しい言葉を、頭では嫌悪しても、肉体は悦んでいるかのように。

竜也はバイブを片手に持つと、悪魔的な笑みを浮かべ、麻美に近づいた。そして涙を流している彼女の汗ばんだ額に軽くキスをすると、目の前にバイブをつきつけた。黒く大きな塊は、ウイーンウイーンという機械音をさせて蠢《うごめ》いている。

（こんなものを、私の局部へと入れようというのだろうか）

麻美は恐怖と羞恥で、青くなった。

(どこまで……どこまで私を貶《おと》めれば気が済むのだろう、この男は)

麻美の脳裏に、奴隷達や弟の高貴の顔が浮かんだ。皆、従順で優しい男達だった。インテリジェンスがあって、社会的な地位もある、そのような男達の女王様であるべきなのだ、私は。それなのに、今、知性とは無縁の獣のような男に、思いのままに嬲られている。

(どうして……どうして、こんなことになってしまったの)

麻美の心は、張り裂けそうだった。

竜也は、手にしたバイブを、ローションもつけずに、麻美の局部へといきなり挿入しようとした。

「ううう――――っ!」

麻美の口から悲鳴が漏れる。彼女の口を塞ぐタオルは、唾液でベトベトになっていた。竜也はバイブの先端を、麻美の局部に押し込もうとしたが、なかなか入らず、押し戻されてしまう。

「おいおい何だ、女王様のマンコは狭すぎて、バイブが入らないのか? 先っぽしか、入んねえよ。こんなに濡れちゃってんのにさ。へへ……こりゃあ、あとが愉しみだな。こんなに乳もデカくて、ケツもプリプリしてて、おまけに狭くて締まりがいいマンコ持った玩具なんて、滅多にあるもんじゃねえからな！　お前みたいに、一見上品なツラしたメス豚を、ずっと愛奴にしたかったんだよ。ほらほら、ますます濡れてきたな。……ほら！」

竜也は、手にしたバイブを、無理やり麻美の膣の中へとグッと押し込んだ。メス豚という言葉に衝撃を受けながらも、そのショックに浸っている暇は彼女には無かった。激しい痛みが麻美を襲う。

「う……うううううう———っ！　う———っ！」

眉間に皺《しわ》を寄せ、額に汗を滲ませて麻美が呻いた。いくら愛液で潤っているとは言え、このバイブは、麻美のヴァギナには大き過ぎる。それに、彼女はもう数年間セックスをしていなかったので、膣がほとんど処女のそれのように塞がってしまっていた。久し振りの異物の挿入に、麻美の身体は拒否反応を示したが、竜也はそれを許さなかった。

竜也は極太のバイブを麻美の膣に埋め込むと、初めゆっくりと、そして徐々に激しく、それを動かした。麻美の膣の中で異物が蠢き、激しい振動が伝わった。

「ううう———ッ！　くううっっっっ……」

彼女はタオルを噛み締め、身体をのけ反らせた。鋭い痛みも、不思議なことに、膣の中では徐々に甘い痛みへと変わってゆく。麻美は汗を浮かべて、この屈辱的な快楽を享受していた。竜也はギラギラと光る目で、今度はピンクローターをもう一方の手に、彼女を責め始めた。クリトリスにローターの小刻みな振動を感じると、麻美はまたも悲鳴を上げた。耐えられないほどのくすぐったさが彼女の身体を襲い、激しく身をくねらせる。麻美が悶えて暴れるので、手枷も足枷もガチャガチャとうるさい音を立てた。

竜也は面白がるように、麻美のクリトリスの皮を剝き、露になった最も敏感な部分にローターを押し当てた。くすぐったくも淫らな快楽が、彼女の肉体を襲う。あまりに強いその快楽に、麻美は小水を漏らしてしまいそうだった。秘部にこれほど強い刺激を受けたのは、彼女にとって初めてのことだ。奴隷に舌奉仕をしてもらう時も、皆、ソフトにゆっくりと時間を掛けて……という感じだった。男とセックスをした時でさえ、これほど激しく、股間を貪られたことなどなかった。

麻美は、今まさに、〈犯されている〉という感覚を抱いた。野性の匂いをした獣に犯されている……。麻美は薄れゆく意識の中で、思った。そして自分の身体にも、汗の匂いを感じた。獣に犯され、自分もメス動物へと、堕ちていくようだ。竜也に言われた、「メス豚」という言葉が、麻美の心の中へと蘇《よみがえ》る。

「ほらほら、麻美女王様の淫乱マンコがピクピク言ってるよ。『もっと、もっと』って、涎を垂らしながら叫んでる。こんなにぶっといバイブを、根元まで食っちゃったよ。クリちゃんも敏感だなあ。さすが、淫乱麻美ちゃんのマンコだ。待ってろよ。バイブの次は、俺のイチモツを、この割れ目に差し込んでやるからな」

　竜也の猥褻な言葉を耳にして、複雑な思いが過《よぎ》る。しかし心とは裏腹に、ローターとバイブで嬲られた麻美は、手足を強張らせながら激しいエクスタシーを得てしまった。ヴァギナがピクンピクンと脈を打って痙攣するのが、自分でも分かった。麻美は目を瞑《つぶ》り、息を荒らげ、肩を大きく震わせて呼吸をする。竜也はバイブを抜き取ると、愛液でベットリと濡れたそれを、彼女の目の前に突き出した。バイブには、愛液だけでなく、血までもついていた。

「あら、血までついちゃってるよ。麻美ちゃんの小さなマンコには、ちょっとデカ過ぎたようだな。まさか処女なわけねえしな」

　竜也はそう言うと、抜き取ったバイブを鼻の先へと持っていった。

「ああ、いい匂いだ。お前のマンコの匂いがするよ。ホント、いい匂いだ」

　竜也は麻美の目の前で、まさに今まで彼女の膣の中へと挿れられていたバイブを、舐めた。麻美の愛液と血で濡れたバイブを、ジュルジュジュッ、という音を立て、啜るようにしゃぶった。

「ああ、うめえ。女王様のマンコの味がするよ。うっめー!」

　バイブについた自分の体液を美味しそうに貪る竜也を、麻美は口を半開きにしてぼんやりと見ていた。麻美の放心したような潤んだ目はやけに艶めかしく、彼の凌辱心をまたも誘う。

竜也は薄笑みを浮かべ、バイブを放り投げた。

「どうやら女王様も、ただの淫乱女に成り下がっちゃったようだな。ふふふ、でも女王様は腐っても女王様さ。御奉仕させてもらいますよ、たっぷりと」

竜也はそう言うと、露になった麻美の股間に顔を埋めた。今まで嬲られていた熱気と、充分過ぎる愛液の滴りで、彼女の股間には雌の匂いが籠《こ》もっていた。

「くっせー、マンコだな。こんな匂い、させちゃって。麻美女王様のマンコは、本当にクセーや」

麻美は、竜也の言葉に、またもイヤイヤと身悶えした。どうしてこの私が、こんな男に馬鹿にされなくてはならないのだろう。不良上がりで、少年院に入っていたような、落ちこぼれの男に。アソコが臭いだなんて。……そう思うと麻美は悔しくて、またも涙が止めどなく流れた。屈辱の涙が止まらない彼女の目からは、丁寧に塗られたマスカラも、剝げ落ちてしまった。落ちたマスカラは、僅《わず》かに麻美の頰についていた。化粧が剝げかかった女の顔はみっともないものだが、そのような崩れというものは、逆にサディストの心を激しくそそる。

竜也は、雌の匂いを放つ股間に顔を埋めると、舌を巧みに動かして猥褻な音を立てながら、麻美の愛液を貪った。先ほどのバイブやローターと違って、竜也の舌は生々しい〈温度〉を持って蠢き、生きているそれを感じさせる。麻美は、タオルを嚙み締め、身をくねらせてよがった。その姿は、嫌がっているようにも、快楽に身悶えしているようにも見て取れた。

竜也の舌は巧みに動き、まるで蛇のようだ。ヴァギナに舌先を入れて転がしていたかと思うと、クリトリスに移動してチュッチュッと音を立てて吸い上げ、傷がつかないほどの加減で優しく嚙む。それを繰り返され、麻美の頭の中は、真っ白になった。彼女の心に反して、この不良上がりの男の絶妙な舌技で、愛液は治まるどころか、またも止めどなく溢れ出る。麻美は、乳首が痛いほど尖ってゆくのを感じていた。

「うわ、すっげー、女王様のマンコ、ますます濡れ濡れになってるじゃん。吸い取っても吸い取っても、溢れてきちゃうよ。見てよ、俺の顔、ベトベトだろ」

竜也は悪戯な笑みを浮かべて、股の間から麻美を見上げた。彼の口の周りには、液体がヌラヌラと光っている。

「さっき、あんたが力んだ時、何かシャーッと飛んだんだよ。白い液体がさ。しょっぱくって、粘っこくて、匂ったよ。女王様、潮吹いちゃったんじゃないの？　いいなあ、さっきから何度もイッてんじゃん。ふふ……じゃあ、今度は俺がイカせてもらうか」

竜也はそう言うと、不敵な笑みを見せた。麻美は、これから起こるであろうことが脳裏に浮かび、イヤイヤと激しく首を振った。バイブやローターで嬲られるのならば、まだいい。相手は器械だからだ。……でも、この野獣のような男の肉棒で嬲られるのは、絶対に嫌だ。

麻美は、この野獣の、剝き出しになった激しくそそり立つペニスを見た。黒光りし、先ほどのバイブより大きい。竜也のペニスは、生々しい透明な液体を先端から迸らせ、ピクピクと蠢き、グロテスクな生き物のようだ。

麻美は、鳥肌が立った。どうせ今まで、さんざん女遊びをして、悪さをしてきたペニスであろう。そんな汚らわしいペニスで、私の身体が犯されるなんて……。もし、タオルで口を塞がれていなかったら、彼女はこの時、舌を嚙み切ってしまっていただろう。麻美はSMの女王などをしながらも、潔癖性だった。いや、むしろ、潔癖性ゆえに、普通のセックスよりもSMというものを好んだのかもしれない。それなのに……今、まさに、麻美のその潔癖を、ぶち壊そうとしている男がいるのだ。飢えた獣のような目を光らせて。麻美は、半ば観念しつつ、手足を暴れさせて最後の抵抗を示した。

竜也はニヤリと笑って麻美の涙に濡れた頰を打つと、手足の枷を取り、彼女の身体を解放した。麻美は逃げようとしても、激しく嬲られたせいか身体に力が入らず、そのまま倒れてしまいそうだった。竜也は彼女を軽々と抱きかかえると、ベッドへと運んだ。麻美は竜也の胸を強く叩き、足をジタバタとさせ抵抗したが、その頑丈な身体は彼女の力などではビクともしない。

「ほら、おとなしくしろよ、女王様。今からもっともっと気持ち良くさせてやる、って言ってんだろ。……だってお前、さっき二回もイッたじゃん。スゴイ濡れてたじゃん。気持ち良かったんだろう？　素直になれよ。汗浮かべてイッた時、お前、可愛かったぜ。……震えてるのか？　俺が怖いのか？　ふふ、いいよ、もう俺無しじゃ、ダメにしてやるからな」

竜也は麻美をベッドの上に放り投げ、覆い被《かぶ》さり、またも手足を枷に拘束してしまった。もう、これで完全に彼女の自由は無い。麻美は恐ろしくて悔しくて、うっうっうっ、と、声を上げて泣いた。物心ついてから、人前で泣いたことなど一度も無かった麻美が、激しく嗚《お》咽《えつ》した。もし、姉を崇拝してやまない弟の高貴がこの場にいたら、「この鬼畜め！」と叫び、竜也を刺していただろう。時すでに遅く、麻美は獣に囚われた餌食であった。

「ホントは、お前の淫乱な口でチンポしゃぶって欲しいんだけれどな。噛まれるとイヤだから、先に下のほうの口に入れることにするよ。……何だよ、怖がるなよ。俺のチンポは美味しいぜ。一度食ったら、忘れられなくなる味だよ。さあてと！」

竜也は威勢良く、ボンデージを剝ぎ取った。麻美の、白く肉付きの良い裸体が、彼の前にさらけ出される。麻美は恥ずかしさのあまり、またも悲鳴を上げ、泣きじゃくった。麻美の肌は薄く透き通るようで、竜也は思わず生唾を飲み込んだ。胸も尻も豊かで、でもウエストは締まっており、美しく艶のある肌が、成熟した女性の色香を発散させていた。白くきめ細やかな肌と、股間の黒々とした濃い茂みの色彩の対比が、猥褻さを募らせる。若い女とはまた違う、脂の乗った艶めかしさの漂う裸体に、竜也は更に下半身を疼かせた。

（色黒女のカサカサの肌とは、全然違うぜ。まるで、脂の乗った極上のトロみてえだ）

彼はそう思い、舌舐りをした。

麻美に限らず、並の羞恥心を持った女性なら誰でも、人前で全裸になるということには少なからず抵抗がある。自尊心の強い彼女なら、尚更のことだ。麻美はここ数年、男性の前で全裸の無防備な姿を晒《さら》すということは無かった。プレイの時は、いつもボンデージを纏っているし、弟にも背中側しかマッサージさせない。それなのに、今、彼女は竜也の前で全裸で、口にはタオルを巻かれ、おまけに手足を枷に拘束されている。麻美の屈辱と羞恥は、想像を絶するものであろう。彼女が嗚咽するたび、その白い腹は波打ち、陰毛が微かに揺れた。麻美の艶やかな栗色のロングヘアがシーツ一面に広がり、その眺めはサディストならずも男性の凌辱心をそそる。竜也はもはや我慢できず、この痛々しくも美しい獲物に飛び掛かった。


竜也は、いきなり麻美のヴァギナへと、そのいきり勃った逞しいペニスを押し入れ、艶めかしい身体を貫いた。麻美は突然の挿入に、「ううう――ッ」という断末魔の叫びを上げ、観念したようにおとなしくなった。彼女の目から涙がホロホロと零れ、そのいたいけな表情は、張り詰めていた糸がぷつんと切れてしまった女の切なさを感じさせた。

　ゴムも着けずに生のままで押し入った竜也のペニスに、麻美の膣の生暖かい感触と、滅多に無いような圧迫感が伝わった。麻美のヴァギナは、思った通り、かなり狭い。それは凄い勢いで、竜也の肉棒を締めつけた。逞しいペニスに、この狭いヴァギナでは、男が気持ち良くて当然だ。おまけに生で入れたので、麻美の子宮の幾千もの襞《ひだ》が彼のペニスに絡みつくようだった。竜也はあまりの快楽に、思わず呻き声を上げた。

「……っつ。ああ、気持ちいいなあ。最高だよ、お前のマンコ。……ううっ。何だ、名器だったのか。……あ、すげ……えや。あ……たまらねえや。ううっ……」

　竜也は激しく腰を打ちつけた。麻美は、竜也のペニスの逞しさに初め膣に激しい痛みを感じたが、乱暴に突かれているうちに、今までに無かったような不思議な感覚に捕らえられた。そして、その甘痒《あまがゆ》い感覚に、膣は更に濡れた。竜也はイクのを我慢し、眉間に皺を寄せ、麻美の肉体を荒々しく犯した。頑丈な腰を激しく打ちつけるたびに、彼女の豊かな乳房は大きく揺れる。

　麻美は、もうされるがままだった。竜也の肉棒が膣の中に出し入れされるたびに「グチュグチュ」という猥褻な音が部屋に響き、甘美な痛みが肉体を駆け抜ける。竜也は、彼女の膣の感触があまりに気持ち良くて、もはや爆発寸前だった。腰を激しく動かして、ひと突きひと突きを、まさに〈突き刺す〉というようにして、麻美を凌辱した。ペニスを挿れると膣の襞がヌルヌルと絡みつき、引き抜こうとすると、その絡んだ襞が離れるのを嫌がるように引っ張る。それが堪らず、竜也の口元から、思わず涎が零れそうになった。そして、麻美の膣から一旦肉棒を抜き取り、感心したように言った。

「すげえ、お前のマンコ、すげえや。何だ、このマンコ。まさか、こんなに名器だとは思わなかったよ。ダッチワイフより、スゲエや。これから俺専属の、ダッチワイフになってもらうか」

竜也は息を荒らげて、額の汗を腕で拭った。麻美は、もはやどんなに屈辱的なことを言われても、涙すら出なかった。ダッチワイフと比べるなんて、私は物ではないのよ、そう思っても、怒りの感情さえこみ上げてこない。麻美は虚ろな目で、ただぼんやりと宙を見ていた。竜也は、彼女の態度が諦《あきら》めに変化したことに気づくと、手足の枷を取って自由にした。麻美は、もう逃げようともしなかった。

竜也は麻美を四つん這いにさせると、限界にまで膨れ上がった肉塊をぶち込み、バックから彼女を犯した。激しく直立した彼のペニスは、バックで挿入されると麻美のGスポットをモロに直撃した。竜也の腰の動きに合わせ、麻美は「あ……うっうっうっ……」と激しく喘ぐ。ベッドサイドには鏡があり、自分が犯されている姿が、麻美の目に入った。化粧は剝げ落ち、口に嚙まされたタオルは涎で汚れ、竜也が逞しい腰を打ちつけるたびに白い乳房がプルプルと揺れる。まるで、ホルスタインみたい。麻美は自分の姿を、そう思った。麻美は、鏡に映った自分の姿を醜いと思った。メス動物だと感じた。そして、そう思った瞬間、何かが彼女の膣からシャワーのように噴き出した。

「おい……ちくしょう、また潮吹いたな……淫乱女め！　ああ……気持ちいいなあ。俺、お前をバックで犯すこと考えながら、マスかいてたんだよなあ……ううっ。お前なんか、お前なんか……こうしてやるッ！」

竜也は、麻美の豊かな尻を両手で抱え、激しく腰をドンドンッと打ちつけた。そして、ペニスを抜き取り、彼女の長い髪を摑むと、その美しい顔に向けて、ザーメンを放出した。まだ若い竜也のザーメンは、その量も多く色も濃くて、ドロリとしている。それは勢い良く麻美の顔を直撃して、目を開けられないほどになってしまい、彼女は泣きべそをかいた。竜也は、逞しい肉体を痙攣させてザーメンを放出し終えると、麻美の髪を摑んでいた手を離した。そして、傍にあったティッシュで、ベトベトになった彼女の顔を、拭った。そして、口を塞いでいたタオルも取ってやった。

麻美は、竜也に背を向け啜り泣いた。生まれて初めて受けた身も凍るような屈辱に、麻美の心は死んでしまったかのようだった。しかし、存分に凌辱された彼女の肉体は、不思議なことに肌は更に白く透き通り、艶めかしい色香を放出している。その肉体を震わせながら啜り泣く麻美の姿は痛々しく、そして淫らだった。

竜也は煙草をくわえ、麻美のその姿をじっと見るうち、またも欲望が身体の中から湧いてきた。達也は煙草を揉み消し、麻美の腰まである豊かな髪を、そっと撫でた。麻美はビクッと身体を硬直させ、涙に濡れた目で竜也を見た。黒目がちの彼女の瞳は、か弱い小動物を思わせる。麻美はかすれた声で、でもはっきりと言った。

「お願い、帰して……。もう、気が済んだでしょう？　私、帰りたい……」

ぽってりとした麻美の熟れた唇は半開きになって、竜也は堪らない気持ちになった。身体の奥底から、麻美への欲情がこみ上げてくる。一度射精したばかりなのに、彼のペニスはまたも熱を帯び、ムクムクと屹立し始めた。竜也は唇の端を少し歪めて笑い、言った。

「……まだまだだよ。溜まってんだ。お前に全部、抜いてもらわないとな。……お前の、この淫乱マンコに」

麻美は、「いやー」、と小さく叫ぶと、肩を震わせて嗚咽した。

「何言ってんだよ、潮吹いたくせに。良かったんだろ？　お前、感じてたじゃん。イッたじゃんかよ、お前だって。……ホントはさ、ずっと、こうされたかったんじゃねえのか？　言えよ。身体は、正直だよ」

竜也はそう言うと、麻美を強く抱き締め、その愛らしい唇を貪った。麻美はこの獣から逃れようと必死で身を動かして抵抗したが、竜也の力に敵《かな》うはずもない。竜也は麻美の頬を軽く打つと、彼女の顔を両手で摑み、いきり勃った肉棒へと引き寄せた。

「イヤ……。それだけは……それだけは……やめて……」

涙声の麻美の抵抗も虚しく、竜也は液の滴るペニスの先端を、彼女の口元へと押しつけた。

「ほら、しゃぶれよ、早く！　ふふ……今度はお前の口でたっぷり楽しませてもらうぜ。ほら、舐めろって言ってんだろ！　お前の口に、ぶち込んでやるぞ、ほら！……おい、絶対に嚙むなよ。もし嚙んだら承知しねえぞ！」

竜也は右手で麻美の顎を、左手で髪を摑みながら、命令口調で怒鳴った。そして、怯えて震えている彼女の口の中へと、ペニスの先を無理やり押し入れた。

麻美は、「うう……」と涙声のような悲鳴を上げ、観念して口の中の異物を舐めた。ペニスの味はしょっぱく、生々しいオスの匂いを発散させている。彼女の頬を、涙が伝わった。あまりの屈辱に、全神経が麻痺してしまいそうだ。麻美は、フェラチオという行為を嫌悪していた。恋人とセックスをした時も、フェラチオは決してしなかった。男性の性器は汚らわしいものという、先入観があったからだ。それゆえ、フェラチオは初心者に近い麻美はペニスへの奉仕の仕方も分からず、ただその先端をペロペロと舐めることしかできない。しかし、舌先で亀頭を舐める彼女の奉仕は、逆に竜也に快楽を与えた。麻美の、まるで子猫のような舌遣いに、彼のペニスからは更に液体が溢れた。

獣のような男のペニスを口に入れられ、それを味わわされた麻美は、もう自分が完全に壊されてしまったように思った。今まで高みの位置にいたのに、一気に奈落の底へと突き落とされてしまった、と。だが麻美は、この屈辱が更なる堕落への第一歩とは、まだ気づいていなかった。

小さな口に先端だけをくわえてペロペロと舐める麻美の姿に、竜也の興奮は更に高まった。顔を摑んでペニスをグッと押し込んだ途端、麻美が激しく噎《む》せた。

「何だ、お前、大丈夫か?……さてはお前、フェラの経験って、あまり無いんじゃねえのか?……まあ、女王様だから、仕方ねえか。さっきから、先っぽだけしか舐めねえし……。スゲエ気持ちいいけどさ。ディープスロートなんかやったこと、ないだろ? まだまだだな、フェラは。でも、舐め方とか、素質あるぜ。前から思ってたんだ。お前、口の形が、いいもん。フェラ向きの口だよ、絶対。練習したら、絶対に巧《うま》くなる。俺が教えてやるよ」

「……フェラチオって、私、好きじゃないから……」

噎せた麻美が、涙の滲んだ目を充血させて言う。竜也はクッと笑うと、また彼女の顔を摑み、口の中へとペニスを押し込んだ。

「だから、俺が教えてやる、って言ってんじゃん。麻美女王様を、フェラ奴隷に調教してやらなきゃな。ほら、さっきみたいでいいから、先っぽ舐めろよ。舌動かして。……ううっ。そう、そうだよ。俺、そこ、感じるんだ。……それから、その、そう、そこの亀頭との境目のくびれたトコ、あんだろ？　その裏側の筋のあるトコ、舐めてくれよ。……ううっ、そう、そうだよ。ああっ……お前、巧いよ、舐めるの」

竜也は身体をのけ反らせた。麻美は竜也に言われるがまま、不慣れな舌遣いでペロペロと舐め続ける。竜也の生暖かいペニスの味と匂いは、屈辱の印となって麻美の脳髄にまで染み込んだ。もし竜也を怒らせるような態度を取ったら、また顔を殴られるだろう。或いは、それだけでは済まないかもしれない。そう考えると恐ろしく、麻美は彼の言いなりになった。諦めと悔しさと、屈辱と……様々な思いが入り乱れ、彼女の目から、涙が零れた。竜也は、ペニスの先とカリのくびれと、裏側の筋を、集中的に舐めさせた。竜也のペニスは麻美の愛らしい口の中で最大限に膨れ上がり、彼女は顎が痛くなった。

竜也は、彼女の口で達してしまいそうになるのを必死で堪えながら、ペニスを抜き取った。そして麻美を押し倒すと、そのはきちれんばかりの肉棒を、またも小さなヴァギナへと突き刺した。まだあまり潤っていなかった膣への挿入は激しい痛みをともない、麻美は悲鳴を上げた。充分に滴っていなかったので、彼女のヴァギナは、先ほどよりも強く竜也のペニスを締めつける。膣は肉棒をキュウッとくわえ込んで放さず、あまりの快楽に竜也は呻き声を上げた。まさに三擦り半で、直ぐにでも達してしまいそうだ。

(これが……蛸壺巾着っていうのか……。本当に、イチモツをくわえ込んだら放しやしない。スゲエや)

竜也はイキそうになるのを必死で堪えた。このまま激しく突くと達してしまいそうだったので、腰の動きを止め、麻美の中でペニスを微かに蠢かせながら、額の汗を拭う。麻美は、まさに軟体動物のような淫らさで、白い肌に汗を滲ませ、腰をくねらせていた。竜也は彼女のその姿を見て堪らなくなり、二、三度腰を打ちつけると、達してしまった。今度は顔にまで間に合わず、麻美の白い腹部へと放出した。一度出したにも拘わらず、ドロッとした濃い精液が、彼女の腹部を覆う。麻美は口を半開きにし、放心した表情で、下腹部に飛び散ったザーメンを見つめた。

竜也は汗だくの身体で寝そべり、息を荒らげて言った。

「……ああ、良かった。……最高だよ、あんた。二発もイッちゃった、俺。……お前、今度はイカなかったみたいだな。まあ、アッという間だったからな。ふふ……俺がイケば、いいか。……お前は、俺の性道具なんだものな」

竜也は麻美を抱き寄せ、キスをしようとしたが、彼女に振り払われた。獣の匂いが、麻美の鼻をつく。

「やめて……。私は、道具なんかじゃ、ないわ……」

「道具だよ。俺の性道具。俺の下半身の処理は、女王様、これから全部お前がするんだよ。ソープランドの姉ちゃんも顔負けのテク、俺が教えてやるよ」

「バカにしないでッ！」

麻美は、泣きべそを掻きながら、竜也の胸を叩いた。竜也は彼女を押さえつけると、組み伏せてしまった。そして、またもペニスを麻美の顔へと突きつけ、舐めるように命じた。麻美は悔し涙を浮かべ、まだ精液の残りが付着している竜也のペニスを口に含む。彼の若い性器は、麻美の小刻みに動く舌で、直ぐに勢いを取り戻した。竜也のペニスは、屹立すると真上に向き、腹にピタッとついてしまう。その下半身は、いくら処理しても処理し終わることがない、強い欲望が漲《みなぎ》っているようだ。

（どうして……どうしてこんなことになってしまったの……）

麻美は心の中で自問しながら、命ぜられるまま竜也のペニスを舐めた。小刻みに動かし続けているうち、麻美の舌先は痺れ、その生々しい味と匂いにも麻痺してしまった。竜也は麻美にたっぷりと舌奉仕させると、彼女を再び四つん這いにさせ、バックの形で犯した。彼のいきり勃ったペニスが彼女のツボを刺激し、麻美は我慢しきれず歓喜にも似た悲鳴を上げた。

「ほらほら、後ろからブチ込まれた気分はどうだい、女王様。……お前、バックが好きなんだなあ。声が違うもんな。……ほらほら突くたび、お乳がプルプル揺れるぜ」

竜也は後ろから麻美のたわわな乳房を鷲掴みにし、揉みしだく。彼女の敏感な乳首は硬く尖り、竜也はますます興奮して突き上げた。

「ああ……いいッ……。しかし、ううっ……何だか、牛の乳搾りしてるみたいだな。なに、お前、涎垂らしてんのかよ。この、淫乱の雌牛が！」

その時、竜也は突然、麻美のアナルに指を入れようとした。

「キャーッ！」

アナルに激痛が走り、麻美が悲鳴を上げた。

「イヤーッ！　イヤ、そこはやめて、お願い！　切れて、血が出ちゃうから！　お願い、そこは弄らないで」

麻美は身体を震わせて、必死に懇願した。

「……何だよ。お前、ケツ、駄目なのか？　まだ指の先端しか入れてないぜ。でも……ホントに血が出そうだな。全く開いてないや。感じないのか？」

竜也は可憐なアナルから指を引き抜くと、顔を近づけ、菊座を舐めた。麻美のアナルは綺麗なピンク色で、竜也の食指をそそる。何よりも、高慢な女が自分の目の前でヴァギナだけでなくアナルまでをもさらけ出しているということに、竜也は興奮した。

竜也の舌先が菊座に入ると、麻美は耐えきれず、「アアッ」と快楽の声を上げた。竜也はむしゃぶりつくように、麻美の微かに匂う菊座を貪った。まだ何も受け入れたことのない彼女のアナルは、狭く閉じられている。その痛々しい菊座は、竜也の凌辱心を募らせた。しかし、無理に何かを挿入すれば裂けて血を流しそうなほどつぶらだったので、竜也は舌での愛撫だけに止めることにした。

麻美はアナルは全く駄目というわけではなく、刺激すれば感じるようだった。

「お前、ケツは全くのヴァージンみたいだな。でも感じるところを見ると、素質はあるよ。ふふ、俺がお前のアナル・ヴァージン、奪ってやるからな。ゆっくりと時間掛けてやれば、開くようになるよ」

「や、いや……。それはやめて。怖いの……」

麻美はとうとう、「怖い」という言葉を発してしまった。竜也からどんな凌辱を受けても、恐怖心という弱みは見せたくなかったのに。でもそれは、彼女の本心だった。狭く未成熟のアナルに、男性の性器が、しかもまるで馬並に逞しい竜也のペニスが入るということなど、考えただけでも恐ろしい。もともと麻美は、アナル・ファックなどをする人達がいるということが信じられなかった。それほど彼女は、アナルに物を入れられることに対する恐怖心がある。一度、奴隷に舌奉仕をさせていて、舌先を菊座の奥まで入れようとしたM男を、思い切り平手打ちしたことがあった。舐められると、感じることは感じるが、奥に入れられると、たとえ舌先でも痛いのだ。

「ふふふ、ダメだよ。お前は俺の性欲処理器なんだから。俺の言うことは何でも聞いてもらわなくちゃな。でも、今日はここまでにしとくよ。いきなりだと、ホントに裂けちゃいそうだもんな。……しっかし、締まりの良さそうなケツしてんなあ。ここにも俺のチンポ、いつかブチ込んでやるからな！　ふふ、今度が楽しみだぜ。……ま、今日は取り敢えずマンコ奴隷、ってことだな」

竜也はニヤリと笑い、また彼女のヴァギナに肉棒を差し込み、激しく腰を打ちつけた。先ほどからの麻美の痛々しい姿に、竜也のペニスにはまたも凌辱の欲望が漲り、いきり勃っている。彼の肉棒の先端が、麻美の子宮の壺を激しく刺激した。

竜也は二度もザーメンを放出しているので、今度は、前よりは長く持ち堪えることができた。麻美の白い肌は、竜也の肉棒で犯されるたびに、ますます透き通っていくようで、艶めかしい。

「おらおらメス豚！　お前の淫乱マンコはすげえなあ。俺のチンポに食らいついて、なかなか放してくれないよ。ホントはこんなにも淫乱のクセに、よくもあんなに澄ましていたよな！……ああ、イイな……うっ……。でも……俺は分かってたよ、お前が……チンポ大好きな淫乱女だってね……」

その時、「ああんっ」、という愛らしい悲鳴を上げて、麻美が達してしまった。達すると、彼女のヴァギナは激しく痙攣し、そのピクピクという振動が竜也の肉棒にまで伝わった。麻美のヴァギナは、竜也のペニスに吸いついて、収縮を繰り返した。

竜也は麻美の生暖かさと痙攣を感じながら、肉壺へと突き刺した自分の肉棒の根元、結合部を見ていた。薄桃色の花肉が目一杯開かれ、逞しい自分の肉棒が刺さっている。そこだけを見ていると、人間というよりも、動物の交わりのようだ。竜也は、その生々しさに高揚し、激しく麻美の肉体をえぐった。彼女は再び達し、竜也も三度目の射精をした。最後は、また顔面に放出する。顔をドロドロにして泣きべそをかいている麻美に、竜也は息を荒らげながら言った。

「ふふ……。お前のマンコで、三発抜いてもらったぜ」

知性のかけらも無い獣のような男に身体を貪られた屈辱。その屈辱や怒りに反して感じてしまった自分の肉体に対する嫌悪。……様々な思いが胸の中で交錯し、麻美は泣き伏してしまった。

シャワーを浴びて着替えが済むと、竜也は麻美に声を掛けた。

「帰ろう。送って行くよ」

麻美はソファに腰掛けたまま、竜也に目を合わせず、呟くように言った。

「いいわ……。タクシーで帰るから……。一人で帰って……」

竜也は麻美の腕を摑むと、言った。

「一緒に帰ろう。いいな、一緒に帰るんだ」

命令口調だった。麻美は、糸が切れてしまったような虚ろな表情で、竜也を見た。麻美は心身ともに激しく疲労していて、もはや、逆らうことすらできない。竜也は彼女の華奢な腕を摑むと、引っ張って、部屋を出た。麻美は、夢遊病者のような足取りで、竜也に抱きかかえられるように、歩いた。

車の中で、麻美はずっと俯いたままだった。竜也が優しい口調で話し掛けても、何も聞こえないかのように顔を背け、窓の外を見ている。そんな麻美を、竜也は心配そうに横目でチラチラと見ながら、車を走らせた。麻美が無反応なので次第に竜也も無口になり、車の中には、ただラジオの音だけが流れていた。

「腹、減ってないか？　どこかで、飯でも食っていくか？」

麻美は、首を激しく横に振った。竜也が自分にかなり気を遣っていることが分かるが、もはや、どうしても素直にはなれない。高速を飛ばして、彼女の家の近くまで来ると、竜也は車を止めた。急いで車から降りようとした麻美の手を摑み、竜也は言った。

「今日は……悪かったな。……怒らせちゃったみたいだな。ごめん。……貴女に、ずっと憧れていたからさ。俺、どうしても、麻美さんが欲しかったんだ。普通に口説いても、相手にされないと思ってさ。本当に、ごめん……」

麻美は潤んだ目で、竜也を見つめた。口元を少し歪ませ、泣く寸前のような顔だ。そして、やっと口を開き、か細い声で竜也に訊いた。

「……憧れていたのに、どうして、あんな乱暴をしたの？」

竜也は麻美をじっと見つめると、はっきりと答えた。

「好きだからだよ、貴女を。だから虐めたくなるんだ。好きだから、あんなことをしたくなるんだよ。ぶち壊したくなるんだよ。でも……麻美さんだって、感じていたじゃないか」

「やめて！」

麻美は、聞きたくないといったように、手で耳を塞いだ。

「俺、分かっていたんだ、貴女、本当はMだって。その身体だって、そうじゃん。男を悦ばせる身体だよ。……じゃあ、麻美さん、女王様やってる時も、今日みたいに潮吹くのかよ？男を鞭で打ったり、足を舐められたりして、エクスタシー感じてんのかよ？　貴女、バックで俺に突かれている時、うっとりしていたぜ。気持ち良かったんだろう？　麻美さんの周りの男は、貴女にそんな快楽を与えてやることができるのかよ！」

麻美は、涙に濡れた目で、竜也を睨んだ。その目には、憎しみの色がはっきりと浮かんでいた。

「あんたなんかに……あんたみたいな、教養も無くて下品な肉体労働者なんかに、バカにされる筋合いなんて、ないんだから！」

怒りに震える声で、麻美は言い放った。その言葉を受けて、竜也の顔が、一瞬歪んだ。まるで寂しそうな野良犬のように。麻美の腕を摑む竜也の手が、少し緩んだ。

「……俺、貴女のこと、馬鹿になんかしてねえよ。だって、俺、自分が馬鹿なんだもん。分かっているよ、それぐらい。……俺のことが憎いか？　いいよ、俺のこと、殴っても。……そうだよな、酷いこと、したんだもんな。殴れよ、気が済むまで」

竜也は、麻美に頰を差し出した。麻美は、一瞬ためらったが、平手で強く、竜也の頰を打った。叩かれても竜也はふてぶてしい表情で、麻美を見すえた。

「馬鹿にして！　馬鹿にして！」

と叫びながら、麻美は、三度、竜也の頬に平手打ちを浴びせた。竜也の目が、涙に濡れているように感じた時、麻美は泣きじゃくりながら車から飛び出た。

麻美は一刻も早く、自分の部屋へと戻りたかった。そして、何よりもすぐにシャワーを浴びたかった。獣の匂いを、消し去る為に。竜也は小走りに駆けて行く麻美の後ろ姿を、車の中からぼんやりと見ていた。

忘れられなくて

麻美は、それからまる三日、一歩も外へ出なかった。麻美が受けたショックは、肉体的にはもちろん、それ以上に精神的に大きかった。何もする気になれず、家の中にじっと籠もっていた。人と喋る気もせず、電話は自宅も携帯も、留守電にしてしまった。

竜也の行為は、まさにレイプ同然だった。あのような男を軽々しく信用してしまった自分に対する嫌悪が、絶えず麻美を苛《さいな》む。竜也の凌辱的な行為は、彼女のプライドをズタズタに引き裂いた。心の傷はなかなか癒えることがなく、食事も喉を通らない。

携帯電話の留守電には、竜也からのメッセージが何回も入っていた。あの、思うがままの行為を、詫びる内容だった。

『あ……竜也ですけど。……また留守電みたいだな。あの、本当に悪かったです。俺、あんなふうにしか、セックスってできなくて。……あんなふうにしか、好きだっていう表現ができなくて……。本当に、ごめんなさい。……もう、会ってくれないよな。また、麻美さんに会いたいんだけれどな。……写真は、絶対にバラまいたりしないよ。それは安心してくださ い。ネガも、全て始末しました。……もし、機嫌直ったら、連絡くれないかな。もう、俺からは、連絡しないから。貴女が現場の前通っても、絶対声掛けたりしないから。だから、安心して。……じゃあ、もし良かったら、連絡ください』

竜也からの連絡は、二十回以上もあった。彼のメッセージを聞きながら、麻美は悔しさで一杯になった。あの男の、このような素直さに、自分は騙《だま》されたのだ。

麻美はワインを飲み、ベッドに横になった。そして、ふと思った。彼は、本当に悪い男なのだろうかと。麻美は、『俺、どうしても麻美さんが欲しかったんだ。普通に口説いても、相手にされないと思って。……ごめん』、という竜也の言葉を思い出す。そして、その言葉を消し去るかのように、頭を振った。

麻美はベッドにもぐり込み、目を瞑った。そして、あることを思うと、乳首が硬く尖り、身体が熱くなった。麻美は、手をそっと秘部へと持ってゆき、膣の周りを指で触った。蜜が滴っている。麻美は深い溜め息をつき、そして涙ぐんだ。彼女の心と身体は、激しく分裂している。そう、麻美は、竜也のレイプ同然のセックスを思い出していた。

麻美の肉体はあの日から、おかしくなってしまった。竜也の獣のようなセックスは、彼女の肉体に、実は激しい快楽を与えたのだ。麻美は性体験を通して、あれほどのエクスタシーを感じたことが、それまで無かった。あの凌辱を、彼女の精神は拒絶したが、肉体は享受してしまった。そしてその快楽は、数日が経った今でも、麻美の肉体にはっきりと刻み込まれていた。

麻美は、竜也の逞しい肉体とペニス、そして猥褻な言葉と激しいセックスを思い出して、自慰に耽った。やめようと思っても、その熟れた肉体が言うことをきかない。実は、竜也に凌辱された日、麻美は家に戻ってシャワーを浴びたあと、ベッドにもぐり込んで精神的ショックを癒しながらも、自慰をしてしまった。あの、卑猥な行為を思い出して。この三日で、彼女は数えきれないほど自慰をしていた。

想像の中で竜也は乱暴で、麻美をまるで〈物〉のように扱っていた。『すげえマンコだな。吸いつくみたいだ。ケツ振りやがって、淫乱なメス豚が』、などという猥褻な言葉を思い出すと、全身が熱く火照ってしまう。麻美はうつ伏せになって、指で蕾と花弁を巧みに刺激し、艶めかしい肉体をくねらせて何度も達した。堪らない快楽が、彼女の肉体を駆け抜ける。蜜が溢れた花びらは、ピクンピクンと脈を打って痙攣した。

(あんな男のことを思って、どうしてまたオナニーなんかしてしまったんだろう。あんな男に言われたことを思い出したりしながら……)

麻美は指を嚙み締め、精神と肉体の分裂の疎ましさに涙する。自分が、どうかしてしまったのではないかとさえ、思った。

今まで、奴隷とどんなに素晴しいSMプレイをして帰って来ても、それを思い出して自慰に耽るなどということはなかった。それなのに、どうしてあんなに激しく凌辱されたことを思い出して、自慰に耽ってしまうのだろう……。麻美は、膣の痙攣がおさまると、寝返りを打ち、自分の行為を後悔しながら目を閉じた。すると、またも脳裏に、竜也の全裸が浮かんだ。それを振り払おうとすればするほど、彼女は一層その幻影に取りつかれた。麻美は、観念したように眉間に皺を寄せ、また指で敏感な蕾を弄び始める。想像の中で、竜也はそそり勃った肉棒を、麻美の膣へと突き刺していた。そして想像の中の自分は、「ああ、もっともっとよ。そう、野獣のようにブチ込んで。麻美のオマンコの奥の奥にまで。もっと激しく突いて。ああ、メチャクチャにして！」、というような卑猥な言葉を叫び、腰を激しく振っていた。

(そう。ああ、竜也クン。貴男の逞しいペニスで、私の身体を貫いて……)

竜也のペニスの感触を思い出しながら、麻美は腰をくねらせ、またも達してしまった。膣が泡を吹くように痙攣し、半開きになった口元からは涎が垂れる。

麻美は指を嚙みながら、肉欲に逆らえない自分に呆然とした。そして、徐々に自分の何かが壊れてゆくのを、感じていた。

一週間が経ち、竜也からの連絡が、全く無くなってしまった。留守電を聞いても、彼からは何のメッセージも吹き込まれていない。麻美は、何か得体の知れない不安に苛まれた。

(もう、私のことなど、どうでもいいのだろうか……)

そう思い、彼女は愕然《がくぜん》とした。男に対してこんなに気弱になったことなど、生まれて初めてだったからだ。

(何よ、あんな、レベルの低い男！)

麻美はそう思い返してみたが、すぐ、野良犬のような寂しげな竜也の表情が目に浮かんできてしまう。

そうは言っても、こんなにも心をかき乱す竜也に会うのが怖かった。麻美は、竜也はもっと執拗なことをすると思っていた。例えばマンションに押しかけて来たり、無言電話を何度も掛けてきたり、といったような。しかし彼は、そのようなストーカー行為には及ばなかった。しつこくされたらされたで嫌なものを、麻美は（私はただ一度寝られればいいだけの女だったのかしら……）などと考え、鬱《うつ》になった。彼女は心の何処かで、竜也からの電話を待っていた。


複雑な思いを抱きながらインテリアの雑誌に目を通していると、インターフォンが鳴った。麻美は、胸騒ぎを覚え、返事をした。弟の、高貴だった。

「あ、姉さん？　高貴です。何度電話しても出られないみたいなんで、どうしたのかと心配になってしまって。近くまで来たから、寄っちゃいました。姉さんが好きなワインも買って来ましたよ。元気なら安心したんで、これ置いて帰ります。今、部屋あがって、大丈夫ですか？」

いつもの礼儀正しい話し方だ。来客が高貴であったことに、麻美はふと物足りなさを感じたが、努めて明るい声で、部屋にあがるよう告げた。高貴は日曜というのに、洒落たスーツ姿で現れた。髪も肌も清潔で、しなやかな身体つきの弟からは、麻美の好きなコロンの香りが漂う。「はい、姉さんの大好物のラクリマ・クリスティ」、高貴はそう言うと、優しい眼差しで麻美を見つめた。

二人は、有り合わせのチーズとクラッカーで、ワインを堪能した。高貴は代理店の仕事が上手く行っているようで、それを楽しげに姉に話した。……でも麻美は、何故か物足りなかった。いつもなら可愛いと思い、虐めてしまいたくなる弟に、何の感情も湧いてこない。彼女の心に生じた空虚は、もはや高貴では埋めることができなかった。

ソファに腰掛けワインを飲んでいると、酔っていい気分になった高貴が、いつものように麻美に甘え始めた。高貴は酔いがもっと廻ってくるとソファから下り、麻美の足元へとうずくまった。そして、麻美の足に、頬を擦り寄せて甘えた。

「姉さん、ああ、姉さん、いい匂いだなあ。姉さんの足は、本当に綺麗だなあ」

麻美は心の空洞を感じつつも、笑みを浮かべて、弟の頭を爪先で小突いた。高貴はうっとりとした表情で、麻美に問い掛ける。

「ねえ、姉さん、何だかますます色っぽくなったね。今日の姉さん、ツヤツヤしてて、凄く女っぽい。……ちょっと痩《や》せたみたいだけれど。ねえ、何かあったの？」

「べ……別に何もないわ」

麻美は、高貴の言葉に動揺しながら、答えた。自分の微妙な変化を、弟に悟られてしまうのが嫌だった。高貴は特に深い意味も無く言ったようで、薄笑みを浮かべ、麻美の足に戯れている。

「ねえ、お姉さん、御奉仕させてくれませんか？」

高貴は潤んだ目で麻美を見上げ、ねだった。麻美は、躊躇《ためら》った。弟に足や秘部を舐められたりするような気分ではなかったからだ。高貴は麻美の足にしがみついて、懇願する。弟の素直な優しい瞳が、彼女の心に突き刺さった。

麻美はストッキングを脱ぎ、高貴に足を奉仕させた。高貴は姉の足を、恍惚として、丁寧に舐めた。爪先からふくらはぎ、そして太腿にかけて舌を這わせる。麻美は片足で弟の頭を軽く小突きながら、ワイングラスを傾けていた。高貴の顔が腿のつけ根へと伸び、麻美のレースのパンティーの中へと舌が滑り込んだ。高貴は、繁みの中、舌を這わせ、クリトリスを夢中で舐め、膣の中に舌を入れた。姉の膣は、気のせいかいつもより潤っていて、匂いもキツい。普段より、熟成しているように感じる。熟れきった女の果実は、高貴を強く刺激した。

彼は堪えきれず、むしゃぶりつくように、花弁の奥まで舌を入れた。高貴は姉の股間に顔を埋めていることが心地良く、徐々にアナルにまで舌を這わせた。そして、その愛らしい菊座に口づけ、舌先を入れた。その時、麻美は、竜也にアナルへ指先を挿れられたことを思い出した。すると連鎖反応のように、竜也との激しいセックスが蘇った。

「や……やめて！　もう、やめて！」

麻美は思わず、反射的に弟を払い除《の》けた。

舌奉仕をしていて姉にこのように拒絶されたのは初めてだったので、高貴は一瞬呆然とした。そしてすぐに謝ったが、彼の顔には、姉に拒否された悲しみが著しかった。

「ご……ごめんなさい。いつもより強くしてしまいました。痛かったですか？」

麻美は少し青褪めていた。

「う……ううん。ごめんね、高貴。私、今日は、あまりこういうことをする気分じゃないのよ。私、体調崩して、ここ数日、具合が悪かったの。ごめんね。……また、今度、ゆっくり楽しもうね」

麻美は、人一倍ナイーブな弟を傷つけてしまったことを悟り、努めて優しい口調で言った。

高貴はそれを聞き、逆に姉の心配を始め、早く寝るようにと何度も告げると、おとなしく帰って行った。彼は、体調が悪かった麻美に奉仕をねだったことを、恥じた。そして、具合が悪かったにも拘わらず、自分の欲望を受け入れようとしてくれた姉に対し、ますます思いを募らせた。

麻美は高貴が帰ると、安堵してソファにゆったりと腰掛けた。しかし……、弟の舌奉仕にさえ竜也のセックスを連想してしまう自分がやりきれなく、残りのワインを喉に流し込んだ。麻美は、どんどん分裂が進んでゆく自分の心と身体に苛まれ、涙をこぼした。

竜也は、あれから麻美のことがずっと気に掛かっていた。でも、何度電話しても連絡がつかず、あまりしつこいと迷惑を掛けてしまうかもしれないと思い、遠慮をしていた。本当はマンションの前で待ち伏せしたかったが、必死で気持ちを抑えた。

彼は、帰り際の麻美の態度を見て、本当に怒らせてしまったことを悟った。ちゃんと謝りたかったが、彼女に避けられていることが分かり、これ以上迷惑を掛けるのはやめようと思った。ずっと欲しくて、やっと手に入れた宝石だったのに……。竜也は、自分の愚かな行為を、あとになって悔やんだ。

(所詮、あの人と俺は、住む世界が違う人間だ。それならば、これ以上追い掛けるのは、やめよう)

竜也は麻美の言う通り、知性も教養も無かったが、それぐらいの判断はできた。現場の仕事も詰めを迎えて、忙しかったこともあり、竜也の彼女への電話は自然と控えられた。彼はまだまだ下っぱだから、先輩達にキツイ仕事を押しつけられることも多いのだ。

仕事を終えて、狭いアパートに帰って来て独りになると、麻美の熟した身体を思い出して堪らない気分に襲われた。でも、竜也は彼女をしつこく追い求めることは避けた。夜中にインスタントラーメンを食べている時などに、麻美に言われた「あんたなんて下品な肉体労働者じゃない！」という言葉を思い出し、やりきれない気分になることもある。竜也はそういう時、窓を開け、空に浮かぶ月をぼんやりと眺めた。そして月に向かって、（あの身体を忘れようと思っても……できねえよな……）と心の中で呟くのだった。

御主人様

最後の連絡から二週間以上が経っても、竜也は何も言ってこなかった。

雨が激しく降る夜。何も手がつかず、原稿も書くことができなかった麻美は、傘をさして、竜也が働く工事現場へと足を向けた。自分でも、どうしてか分からない。ただ、足が向いてしまうのだった。

（バカみたい。こんな雨の夜の、しかも七時過ぎに工事なんかしてるわけないのに……）

麻美は心の中で呟きながら、雨の中を歩いた。しかし、工事現場には雨の中でも働いている男が、僅かにいた。皆、カッパのようなものを着ていたが、大雨の中それは全く役に立っていず、ずぶ濡れになって作業をしている。

麻美は、竜也の姿を見つけた。彼は雨に打たれながら、シャベルを手に黙々と土を掘っている。顔を泥だらけにして土を掘る竜也を、麻美は少し離れた所から、じっと見ていた。竜也は、彼女のことなど、まるっきり眼中にないかのように、土を掘り続ける。その姿を見ているうちに、麻美は自分でも何故だか分からないが胸を締めつけられ、目頭が熱くなるのを感じた。

麻美は傘をさしたまま、大雨の中、竜也をじっと見つめていた。すると、彼女に気づいた仲間が、竜也に話し掛け、麻美のほうを顎でさして促した。麻美の目と、竜也の目が合う。麻美は急にバツが悪くなり、急いで立ち去ろうとしたが、竜也は「待てよ」と大声を出し、駆け寄った。竜也を目の前にすると麻美は何も言えず、無言のまま俯いてしまった。

「この間は、本当に悪かったよ。あんなことして……。何度か電話したんだけれど、ずっと留守みたいだったから。心配してたんだ。あ、メッセージ、聞いてくれた？」

ずぶ濡れで、泥だらけの顔を擦りながら、竜也が言う。竜也からは、雨と汗が混じったような匂いがした。麻美は、そっと彼を見上げ、返した。

「……そ、そうよ。何度も、貴男からの伝言が入ってたから、何の用かと思って。ちょっと通り掛かったから、見に来ただけ。ふ、ふん。でも大変ね、肉体労働の人って。こんな雨の日でも仕事しなくちゃならないなんて」

麻美は、自分でも何を喋っているのか分からなくなりながら、いつものようにツンケンとした口ぶりで言った。

「ええー、でも今日なんてまだ楽だよ。俺達、大雪の時だって、凍えそうになりながら仕事すんだからさ」

竜也は悪びれず、笑顔で無邪気に言った。

「でも、元気そうで、良かったよ。俺のせいで、病気にでもなっちゃったかな、って心配だったから。ホント、良かった」

竜也のその笑顔を見て、麻美の心は何かの襲撃に遭ったように震え、堪えきれず目から涙が零れた。竜也は麻美の突然の涙に、驚いた。

「どうした？　何かあったのか？」

麻美は首を横に振った。

「……ううん。別に何もないわ。……どうしたのかなあ。私、どうしちゃったんだろう……」

麻美は、呟くように言った。麻美の目からは、涙が止めどなく溢れ、頬を伝わる。竜也は麻美を見つめながら、彼女が今どういう思いでいるかを、察知したようだった。竜也は、待ってろよ、と言うと、現場の監督のほうへ向かった。そして、すぐに戻って来ると、麻美に告げた。

「ごめん。あと、三十分は掛かるみたいなんだ。今日中に終わらせないと、マズいんだよ。終わったら、必ず電話するから、悪いけれどもう一度出て来てくれないかな。何処かで待ち合わせしよう」

麻美は潤んだ目で竜也を見上げると、少し甘えたような声で、でもはっきりと言った。

「ねえ、私の……私のマンションに来て。分かるでしょう？」

竜也は、麻美の黒目がちの目を見つめた。その瞳は、まるで誘っているかのように、濡れて光っている。

「うん、知っているけど……。行ってもいいの？」

竜也は訊いた。微かに笑みを浮かべて、麻美は頷いた。雨に濡れた彼女の髪から、甘い香りが漂う。

「分かった。終わったら、必ず電話するよ」

二人は約束を交わし、竜也は現場へ、麻美はマンションへと戻った。

仕事を終えると、竜也は麻美の部屋へとやって来た。雨に打たれ泥にまみれた竜也に、麻美は「風邪をひいちゃうわ」、とシャワーを浴びるように勧めた。でも、竜也は「いいよ。お前に温めてもらうから」、と言って激しく彼女を抱き締め、荒々しくその唇を貪った。麻美は、もう抵抗などしない。キスだけで、身体の奥から熱い情欲がこみ上げ、秘部はしとどに濡れる。竜也は唇を離すと、ふっ、と笑みを浮かべた。

「俺のことが忘れられなかったんだろう？」

麻美は返事をせず、上目遣いに、そっと竜也を見る。すがりつくような目だ。

「どうした？　お前、猫みたいな目、してるな。ふふ、お前をペットにして、たっぷりと可愛がってやらなくちゃな」

竜也はそう言うと、服を脱ぎ、トランクス一枚になった。そしてソファに深々と腰掛けると、麻美に性器への奉仕をするよう命じた。

「いいか？　俺は普段はお前に乱暴なことなんか、絶対にしない。でも、セックスの時は、荒々しくするよ。俺は……Sだからさ。お前を、俺好みのM女に調教する。それでいいんだろう？　お前も、それを望んでいるんだろう」

麻美は、竜也を見つめた。今までに、サークルなどで色々なS男性を見てきた。札束をバラまきながらM女を探している男、まるでSであることが偉いかのようにふんぞり返っている男……。麻美はそれらのS男達を不快に思い、軽蔑を込めて眺めていたのだが、何故か竜也には素直になれそうだった。

麻美は、竜也の足元へと跪いた。男の分泌物が多量に含まれている足の匂いなど、全く気にならない。それどころか、竜也の身体から出て来る全ての分泌液で、自分の身体を汚して欲しいとさえ、彼女は思った。麻美は潤んだ瞳で竜也を見上げ、甘えた声で言った。

「ご主人様。未熟者のM女ですが、ご主人様好みの愛奴になれますよう努力しますので、宜しくお願い致します」

そして、恭しく頭を下げた。麻美は、何故こんなことを男の前でできるのか、自分でも不思議だった。でも、そんな疑問とは裏腹に、竜也の前で自然と頭を下げてしまう。

愛らしい麻美の言動に、竜也の下半身はすでにいきり勃っていた。二人とも、あの日のことを思い出していた。あの、激しい嵐のような出来事が、麻美をこんなにも変えてしまった。高慢な麻美が、今、竜也の前で跪き、目を潤ませながら愛らしく懇願しているのだ。その事実は、彼のサディズムを強く刺激し、もっともっと麻美を愛奴へと貶めたくなった。

「お前、首輪は持っているか？」

「はい、持っています……」

「じゃあ、それを持って来い。お前につけてやるよ。それから、服は全部脱いで、素っ裸になれ」

「はい、分かりました」

麻美は素直に返事をすると、隣の部屋へ、いそいそと首輪を取りに行った。


麻美は首輪をつけられ、全裸の姿で竜也へ舌奉仕をした。フェラチオがまだ不慣れな彼女は、教えてもらいながら、ペニスを両手で包み込むように持って丁寧に舐めた。竜也のペニスは麻美の口には大き過ぎるので、カリの部分をくわえ、先っぽを舐め回すように命じられた。麻美はご主人様の言いつけ通り、液の滴る先端を、舌を小刻みに動かして舐める。竜也は喘ぎながら、「ホントに猫みたいな舌遣いだな」、と言った。ペチャペチャという、彼女がペニスを舐め回す音が響く。麻美は四つん這いになり、うっとりとした表情で、竜也のペニスをしゃぶった。

フェラチオをしているだけで麻美の乳首は硬く尖り、身体全体が火照り、秘部はしとどに濡れる。自分が舌奉仕されるより、自分がするほうがずっと感じると、彼女ははっきりと悟った。竜也のペニスは、麻美の滑らかな舌の刺激と、時おり掛かる微かな鼻息で、すでに絶頂に達しそうだった。

麻美のフェラチオのテクニックは、確かにまだ上手とは言えないが、とても丁寧だ。テクニックだけなら、ヘルスなどに行けばもっと上手な女など沢山いるだろう。でも竜也は、彼女のこの拙《つたな》くも丁寧な奉仕に、感じ過ぎるほど感じていた。何よりも、麻美のような女を跪かせ、シャワーも浴びていない性器に奉仕させているということに、激しく興奮した。麻美は竜也の指示通り、カリの部分と裏側の筋もたっぷり舐める。竜也のそれは、野生の馬のように大きく膨れ上がり、麻美は自分の舌の刺激で漲ってゆくペニスが愛しくて、小さい頃大好きだったアイスキャンディーを舐めるように、しゃぶった。

「全部、口に入れてみろよ。頑張れば入るだろ。歯を立てないように、気をつけろよ」

麻美は頷くと、言いつけ通り、竜也の肉棒すべてを口に含んだ。

「そう……。うっ……。歯を立てないようにして……また舌で先っぽを舐めてみろ」

ペニスを口一杯に頬張った麻美の顔は歪み、滑稽にも見えたが、竜也はその崩れた顔さえも愛しかった。麻美は少し苦しそうに鼻息を荒らげ、言われた通りにする。麻美の唇の感触と、舌の動きに刺激され、竜也はすぐにでも達してしまいそうだった。

(この女は呑み込みが早いから、ちゃんと教えればすぐにフェラ上手になるな……)

竜也はそう思い、笑みを浮かべた。

「うっ……。も……、もういいよ。イッちゃいそうだから。……今度はアナルを舐めてくれ」

麻美は、少し怯えた表情で竜也を見上げた。男のアナルを舐めるなど、麻美にとっては信じられないことだからだ。彼女の心の中には、アナルはどうしても汚いものという先入観がある。麻美は、躊躇った。

「ご……ご主人様」

麻美は、微かに震える愛らしい声で、訊いた。

「ご主人様、シャワーは浴びてくださらないのですか？」

竜也は首輪を引っ張って麻美の頭を軽く叩くと、厳しい口調で言った。

「何、言ってんだよ。そのまま舐めるんだよ。バカ、愛奴が御主人様にお願いなんかするな。ほら、首輪がつけられているんだよ。お前は家畜なんだ、雌ブタなんだ。ふっ、そんなにムチムチした身体して。ブタはケツの穴ぐらい舐めるんだよ。……それにこの間、俺だってお前のシャワー浴びてないケツ、舐めたじゃん。俺は平気だよ。お前のケツの穴、美味かったぜ。……ほら、だからお前も、ご主人様のケツ、舐めろ！」

「あん」

首輪を引っ張られ、麻美は竜也の大きく開いた股間へと顔を寄せられた。

恋の奴隷

竜也の言葉で麻美は菊座に舌を入れられたことを思い出し、またも乳首が硬くなり、ますます尖った。竜也のアナルからは、便の残り香のような、すえた匂いがして、彼女の鼻をツンとついた。麻美は恐る恐るその部分に口を近づけ、舌先で、ペロッと舐めてみた。初めて味わうような苦味が、彼女の舌を襲う。麻美は一瞬吐き気を感じたが、耐えられないものではなく、飲み込んだ。麻美は竜也の股間に顔を埋め、言いつけ通り必死でアナルを舐めた。すえたような匂いと苦みのある味は、徐々に彼女の五感を麻痺させてゆく。麻美は竜也のアナルを舐めながら、何故かその脳裏に、いつも華やかだった自分の過去の記憶を蘇らせていた。

女子にも拘わらず、生徒会長を務めた小学生の時のこと。私立の名門女子校の文化祭で、スカーレットの役をして大絶賛を浴びた時のこと。名門校の大学生となり、雑誌のモデルやイベント・コンパニオンなども務め、またその一方でフランス語のスピーチ大会で準優勝をして、クラスメイトたちから憧れられたこと。銀座のクラブでバイトをすればチップとプレゼントを山のようにもらい、会社に入れば職場の男性達の憧れの的だった。そして、女王様をして、インテリの紳士達からチヤホヤされ、贅沢をさせてもらった日々……。

麻美は自問した。

（どうして私は今、こんなチンピラのような男の愛玩具になっているんだろう。どうして、こんな男に『雌ブタ』などと言われなければならないんだろう。……どうして、『雌ブタ』と言われて、私はこんなにも濡らしているんだろう……）

このような麻美の思いも、竜也のアナルの臭気と味と、舐めれば舐めるほど粘つく感触で、徐々に麻痺させられた。彼女は、次第に意識が遠のいてゆくようだった。目にうっすらと涙を浮かべて顔を上げると、竜也が満足そうに微笑んでいる。その笑顔を見ると、まるで飼い主に褒められた子犬のように、嬉しい気分になった。そして、麻美は竜也のアナルにむしゃぶりつくと、唇をぴったりと寄せ、舌を中に入れてチュッチュッと吸い上げ、舐め回した。

そして手では、ペニスを優しく愛撫する。竜也はあまりの快楽に、歓喜の声を上げた。

（どうしてなんだろう。不思議だわ。私、こんなことをしているのに、何でこんなに心が満たされているんだろう。私、どうして、今、幸せな気分なんだろう……）

麻美の花弁には、蜜が溢れかえっていた。

（こんな気分になったのは……そう、こんな気分でいられるのは、生まれて初めてかもしれない……）

麻美の目から、涙が一雫《ひとしずく》、零れた。

「うっ……お前、舐めるの上手じゃないか。可愛いな、お前は。淫乱で可愛い、俺のペットだよ。あとで、たっぷりお前の淫乱マンコに突き刺してやるからな。うっ……俺、もうイキそうだよ。……ケツはいいから、ほら、チンポ舐めろ。口の中で出すからな。吐き出さないで、飲めよ、ちゃんと。いいか、分かったな？」

麻美は頷くと、竜也のアナルから口を離し、ペニスの愛撫へと戻った。アナルを舐めたあとではペニスの生臭さなど、もう問題ではなく、カリのくびれへと唇を密着させて先端を舐め回し、吸い上げる。竜也が悦ぶ顔を見たかったので、手でもペニスのつけ根と睾丸を刺激し、奉仕した。彼女の心は落ち着いていた。今ならば、竜也の精子を飲むことができそうだ。

竜也は快楽に身悶えし、絶えず腰を小刻みに動かしていた。そして呻き声を上げて、麻美の口の中でザーメンを放出した。

竜也のペニスが大きく膨張し、次の瞬間、麻美の口の中に生暖かい液が飛び散った。飲み込まなくても、喉の奥に入ってしまいそうな勢いだった。生臭くて粘っこい液体が、彼女の口の中一杯に広がる。「出すなよ」、と言って竜也は口を塞いだが、麻美は自然とその生臭いザーメンを飲み込んだ。

麻美は竜也を潤んだ目で見つめ、熟れた身体をくねらせ、「美味しい……」と言った。唇にザーメンの残りが付着して、濡れている。ザーメンを難なく飲み込んだ麻美の肉体は、ますます艶っぽく輝いているように見えた。その凄味のある妖しさに、竜也は一瞬息を飲み、愛奴に対する情欲と愛しさを、ますます募らせた。


竜也が達したあと、麻美は彼の足元におとなしく座って、その膝《ひざ》の上に暫く頰を乗せていた。そうしていると、不思議に心が落ち着く。麻美は、指で竜也の腿にそっと触れたりして、甘えた。竜也は、彼女の顎を、まるでペットを可愛がるようにそっと撫でた。顎を撫でると、麻美は甘えたような声を出し、気持ち良さそうに目を細める。竜也の大きな手は、温かい。

麻美の目から、涙が零れた。

「どうした……。なんで泣いているんだよ……」

麻美の髪を撫でながら、竜也が優しい声で訊く。麻美は竜也を見上げ、洟《はな》をすすり、甘えた声で言った。

「……ううん。嬉しいの。……私、ずっと、こうして男の人に甘えたかったから……」

麻美は竜也の膝に頰を擦り寄せ、続けた。

「私ね……。小さい頃から、誰からも頼られてばかりだったの。パパにもママにも……弟にも。先生にも、同級生にも。だからね……。誰か強い人にね、甘えたかったの……。こうしてね……誰かに、自分を壊して欲しかったの……」

竜也は麻美の腕を摑んで引っ張ると、膝の上に乗せた。麻美は竜也の首に腕を絡ませて、赤ん坊のように嗚咽した。彼女が泣きじゃくると、その豊かな胸がプルプルと揺れる。竜也は、強く強く、麻美を抱き締めた。麻美の目から溢れた涙が、彼の首筋を伝わる。竜也は唇で、麻美の涙を優しく掬《すく》い取った。

「でも……お前、本当にいいのかよ。俺みたいな男で」

「え……？」

涙声で、麻美が訊ねる。竜也は麻美の髪の毛を優しく撫で、苦笑した。

「俺なんかで、いいのかよ。俺なんかにお前は、やっぱりもったいないような気がするんだよな。その……俺は、お前を大切にしたいと思っているけど……。でも、やっぱ、あんたみたいなお嬢さんに相応《ふさわ》しいのは、もっとデキのいい男じゃないのかな。麻美さんは、やっぱり、お嬢さんじゃん。俺なんかとは、違う……」

竜也の言葉に、麻美は泣き顔から突然キッとした表情になり、強い口調で遮った。

「お嬢さん、お嬢さん、なんて、言わないでよっ！　私もう、お嬢さん、なんて歳じゃないわ。……それに本当のお嬢さんなら、〈女王様〉なんて、してないもん！　私だって、私だって……ハミ出しモノなんだから！　ただの、いいコちゃんなんかじゃ、ないんだから！　バカにしないでっ！」

その激しい言い方に、竜也は一瞬呆気に取られ、それから噴き出した。麻美はムッとした表情で、口を尖らす。

「なんで笑うんですか、ご主人様」

「いや……。お前の言い方が面白かったからさ。……じゃあ、俺達、全然違うと思っていたけど、少しは似たところもあると思っていいのかな……」

二人は見つめ合った。そして麻美は竜也の首に腕を絡ませ、耳元で囁いた。

「……そうよ。私も貴男も一緒だわ。一緒なのよ。だから……貴男の身体が私の中に入って来た時、あんなにも感じたのかも。だから、貴男が、私の身体の一部のような気がするのかも……」

「そうか……。じゃあ、いいんだな。本当に、俺で後悔しないんだな」

麻美は竜也の目を真っ直ぐ見つめ、はっきりと言った。

「ええ。私、後悔なんて、絶対にしません。絶対に……しません。貴男なら……」

竜也は麻美を強く抱き締め、熟れた唇を貪った。彼女の全てが愛しい。そして暫く、麻美の艶やかな髪を撫でていたが、ふと思い出したように言った。

「お前……なんだよ、愛奴のクセに口答えなんかしやがって。まったく、気の強いヤツだなあ。それに今、俺のこと、『ご主人様』でなく、『貴男』って言ったよな、確か。……分かってるな」

竜也は微笑みながら、麻美の額を小突いた。麻美はちょっと舌を出し、恥ずかしそうに、でも悦びに満ちた表情で言った。

「はい……。お仕置きしてください、ご主人様。麻美の身体は、ご主人様のものです。お好きなように、お使いください。……それから、さっき、『私も貴男も一緒だわ』って言ってしまいましたが、ごめんなさい、血迷っていました。ご主人様と自分を一緒にするなんて……。身分不相応なことを申し上げてしまいました。お許しください、ご主人様。麻美は悪い子です。いっぱいいっぱい、気の済むまで、お仕置きしてください……」

麻美の、従順な小動物のような目が、竜也の心を打つ。

「可愛いな……。お前はどうしてそんなに可愛いんだよ。お前を見ていると、堪らなくなっちゃうよ……」

竜也は、麻美の突起した乳首を、指で摘《つま》んだ。麻美は、あ……、という小さな叫びを上げ、竜也の胸に顔を埋めた。彼女の乳首は、感じすぎて、痛いほど硬くなってしまっている。眠っていた性感帯がすべて目覚めた麻美は、もう恥ずかしいほどに、全身が感じてしまう。竜也は、麻美の乳首を口に含み、巧みな舌遣いで愛撫しながら、そっと歯を立てた。

「あぁっ……。あ……感じちゃう……」

麻美が甘い鳴き声を上げる。その声を聞いてますます凌辱心がかき立てられた竜也は、彼女の胸に顔を埋め、乳首を吸い上げた。麻美の乳輪はそれほど大きくなく、色もまだ薄い。

「ふふ……。なんだか母ちゃんのデカイおっぱい吸ってるみたいだな。堪んねえよ。ああ……」

竜也は下半身を激しく隆起させ、麻美の乳首に思い切り歯を立てた。麻美は気持ちがいいような、痛痒いような感覚で、額に汗を浮かべた。秘部からは、蜜が溢れる。竜也は麻美の下半身をまさぐり、激しく濡れていることを確認すると、彼女の花弁に指を出し入れしながら、言った。

「なんだ、こんなに濡らしちゃって。こんなスケベなコには、お仕置きが必要だな」

麻美は竜也を上目遣いに見ると、静かに、でもはっきりと言った。潤んだ大きな瞳が、悩ましい。

「はい……。ご主人様、お仕置きをください。麻美はいけないコです。もっともっと、お仕置きをください。……大好きな、ご主人様」

麻美は竜也の首に腕を絡ませ、頰に何度もキスをした。愛らしい麻美の仕草に、竜也は何故か目頭が熱くなり、眉間に皺を寄せた。そして彼女を膝の上でうつ伏せにさせると、その白く豊かな尻を、手で思い切り叩いた。

「いや――。痛――い」

麻美は、甘えたような泣き声をあげた。今度は本当に痛かった。お尻を叩かれるなど、ママにだってされたことはない。優等生だった麻美は、小さい頃から、親や先生にお仕置きなどされたことはなかった。成熟した大人の女になって初めて受ける、恥ずかしい〈お仕置き〉だ。竜也は麻美の色っぽい泣き声が堪らず、何度も尻を打った。パーン、パーン、という音が、奢侈な部屋に響く。

麻美の白くスベスベした尻は、竜也の手を魅了した。拒絶する言葉とは裏腹に、彼女のヒップは「もっとぶって」、と叫んでいるようだ。麻美は尻を叩かれて、激しく濡らしてしまっていた。もう我慢できず、早く竜也のペニスを挿れて欲しい。赤ん坊のような恰好で尻をぶたれているという屈辱に頰を染めながらも、麻美は愛しいご主人様に叩かれるのが嬉しかった。

「あ――ん。痛――い。痛いですう」

麻美の目に、次第に涙が滲んできた。白桃のような尻が赤く染まるのを見て、竜也は鼻息が荒くなり、ペニスも膨れ上がった。麻美の可愛らしい菊座が、恥じらうように顔を覗かせている。竜也は心の中で呟いた。

(早く、この穴に、俺のチンポをぶち込んでやりたい……)

竜也はお仕置きを勘弁すると、麻美を膝の上に乗せ、抱き締めた。彼女の身体は少し震えていた。

「よく我慢したね。痛かっただろう？　いいコだったね」

麻美は秘部を激しく潤わせ、コクン、と頷く。赤ん坊のような恰好で竜也に抱かれ、厳しいお仕置きのあとでも、麻美は不思議な安堵感を得ていた。

「ねえ……」

「ん？」

麻美の髪を撫でながら、竜也が聞き返した。

「ご主人様は、ソープに行ったりするんですか？」

上目遣いの真剣な表情で、麻美が訊ねた。

「何だよ、突然」

竜也は笑った。

「だって、この間、ヘルスやソープに行く、みたいなこと言ってたから……」

麻美は少し、不貞腐れて言った。

「ふふ……そうだな、行くよ。……何だよ、その目は……。男だからね。安いトコしか行けないけどさ。だって、しょうがねえじゃん、彼女もいないしさ、俺。男の性ってさ、そんなモンなんだよ。出さないと、ダメなの。……それに、相手はプロだからさ。色んなこと、してくれるし……。何だよ、泣きそうな顔して。お前がさ、本当に俺の……彼女に……なってくれてさ、こんなふうに処理してくれるんだったら、もう行く必要ないけどさ」

麻美は切ない表情を浮かべ、竜也の胸へと顔を埋めた。そして見上げると、訊いた。

「ねえ、ソープの女の人って、どんなことしてくれるの？」

「そうだね、ありとあらゆることだよ。金出せばさ、ほとんど何でもしてくれるよ。今、お前がしたようなアナル舐めから、全身舐めてくれたり、それから……アナル・ファックもね。何だよ、お前、ソープ嬢みたいなこと、してくれるのかよ」

麻美はそっと目を伏せ、恥ずかしそうに俯いてしまった。

「そうか、じゃあ麻美ちゃんをソープ嬢にする教育をしなくちゃな。じゃあまず、身体を丁寧に洗ってもらうか」

竜也はそう言って立ち上がると、首輪を引っ張った。麻美は微笑むと、喜々として言った。

「はい、ご主人様」

一緒にバスルームに入ると、竜也は麻美に身体を洗わせた。麻美は竜也の大きな身体を隅々まで丁寧に洗った。竜也も麻美の身体を洗い、二人は泡にまみれながら抱き合った。

「あの……。ご主人様。……お願いがあるのですが」

麻美が、おずおずと言った。

「愛奴のクセに、生意気なヤツだな。なんだい、言ってごらん」

「あの……。剃毛……して頂けませんか？」

消え入りそうな声だった。麻美は恥ずかしそうに俯き、頬をほんのりと薄紅色に染めている。愛奴の可愛い申し出に、竜也はフッと笑みを浮かべ、麻美を床に寝かせて股を開かせた。そして剃刀《かみそり》を手に持つと、傷がつかないよう、丁寧に剃《そ》り始めた。

麻美の繁みは、量も多く濃かった。彼女の肌の白さとは対照的に剛毛で、それがまた卑猥だ。秘部をさらけ出して、愛するご主人様に剃毛されていることが恥ずかしく、麻美は両手で顔を覆っている。竜也といえば、愛奴に剃毛をほどこし、これで完全に自分の所有物と思うと、身体の奥底から悦びが湧いてきた。

恥骨の辺りを剃刀が通りすぎると気持ちが良く、麻美は花弁を淫らに濡らした。

「お前、本当に好きモノだな。剃ってもらって、グチュグチュにするなんて。バカ」

竜也は愛奴の頭を軽く小突き、麻美は頰を更に染めた。

麻美の股間を綺麗さっぱり剃り上げると、竜也はシャワーをあて、毛を洗い流してやった。ツルツルの、少女のような恥部に、彼は激しく興奮した。無毛の股間には、割れ目がくっきりと見える。麻美に愛奴の印を刻んだ嬉しさに、竜也は鼻息を荒らげた。

「もう……。ダメだぞ。俺以外の男に、手を触れさせちゃ」

竜也は麻美の手首を摑み、じっと見つめながら、強い口調で言った。その途端、麻美の目から涙がほろほろと零れた。竜也に抱きつき、無毛の割れ目をそそり勃った肉棒に押しつけ、麻美は言った。

「……はい。……ああ、ずっと私、待っていたんです。そう言ってくれる人を。これでもう、私の身も心も、ご主人様、貴男だけのものです。私は、ご主人様だけの、愛奴です。……お願いです。私を、一人にしないでください……」

温かい涙が、竜也の胸を伝わる。竜也は愛しい麻美を、強く強く抱き締めた。

「そうだよ。もうこれで、お前は俺だけのものだよ。俺だけの……」

二人は唇を吸い合わせ、シャワーでずぶ濡れになりながら、身体をまさぐり合った。

麻美の家のバスルームは広かったので、二人は69の体勢で、互いの性器を貪った。麻美は

69の体勢を初め恥ずかしがっていたが、竜也の身体の上で徐々に大胆になってゆく。泡にまみれて淫らなポーズで大股を開き、腰を揺さぶっている自分を、麻美は安っぽい娼婦のように感じた。そして彼女は、その〈堕《お》ちていく〉感覚に陶酔する。

（私はもう女ではなく、メスなのだわ）

そう思いながら肉付きの良い身体をくねらせ、竜也のペニスを貪った。彼の若いペニスは回復が早く、またも強靭な勢いを取り戻していた。竜也は目の前に突き出された愛奴の尻を抱え、花弁から溢れる蜜を啜り、そして菊座も舐めた。麻美の可愛らしいアナルを見ると、竜也はいてても立ってもいられず、たっぷり唾をつけて潤わせ、指を一本突っ込んだ。

「いやー、痛ーい」

麻美が泣きそうな声で叫んだ。

「まだ痛いか？　お前、ローション持ってるだろう？　それつければ、指は入るよ。うんこが出て来る穴なんだからな。よし、ベッドへ行って、続きをしよう」

「え……。私、アナルは……」

麻美は泣きそうな顔になった。麻美には、アナルに対する恐怖が、まだある。指先を入れられるだけで痛いし、何より彼女はアナルに異物感があると、便意をもよおすのだ。その便が出そうになる感覚が、麻美は嫌だった。

「何、甘えたこと言ってんだよ。お前、俺専属のソープ嬢になるんじゃなかったの？　さっき、『私の身も心も、ご主人様だけのものです』、なんて殊勝《しゅしょう》なコト、言ったよな？　だったら、アナルぐらいできなくちゃダメだぜ。それに、いつかは俺のこの立派なイチモツがブチ込まれんだからな。……ほら、立てよ」

竜也は麻美の腕を摑むと、促した。

麻美をベッドの上に四つん這いにさせると、ローションをたっぷり塗り、竜也は菊座を拡張していった。麻美は初め身を硬くしていたが、竜也の「力まないで、身体から力を抜いてごらん」という言葉に従っているうちに、指一本ぐらいは入るようになった。ローションをたっぷりとつければ痛みは和らぐものの、異物感は治まらず、彼女はやはり便意を感じた。

「皆……こんなふうに便意を催すのかしら？」

「腸が刺激されるからだろうな、きっと。……やっぱ浣腸したほうがいいかもな。お前、浣腸器持ってるだろう？　あ、でも人が使ったやつだと汚ねえな。イチジク持ってる？　もしあったら持って来いよ。もし無かったら、浣腸器を消毒して使おう」

「え……イヤです。浣腸なんて……」

麻美は頰を赤く染めて、拒否した。

「大丈夫だよ、イチジクなら一、二本する程度だし。それに、うんこする時は、ちゃんとトイレでさせてやるから安心しろよ。そこで垂れ流せなんて、そこまで酷いこと、俺、言わねえよ。……だから、持っておいで」

竜也は優しい口調で麻美に命じた。麻美は顔が真っ赤になって、目に涙が滲んだ。大のオトナの自分が、浣腸をされるのだ。それも、愛しい竜也に。身も心も虜になっている、ご主人様に。そう思うと、彼女はまさに顔から火が出そうなほど、恥ずかしかった。お尻を突き出させられ、イチジクを入れられる。女としてこんな屈辱が、ほかにあるだろうか。麻美は、うなだれてしまった。

戸惑い、突っ立ったままでいる麻美に、竜也は今度は容赦なく言った。

「何、グズグズしてんだよ。早く持って来いよ。それとも俺と一緒に取りにゆくか？」

意地悪な笑みを浮かべたご主人様を、彼女は恨みがましい目で見た。

愛しい男にこれから浣腸をされることの羞恥で、麻美は耳たぶまで赤くなった。竜也は、そんな愛奴を、心の中で舌舐りして見ている。

「じゃあ、俺と一緒にイチジクを取りにいこう。ほら、来いよ」

竜也は麻美の腕を摑んだ。麻美は、小さな声で、「……私が取ってまいります」、と告げた。そして潤んだ目で、竜也を見つめた。麻美の白い素肌が、薄桃色に染まる。竜也は彼女の腕を放し、一人でリビングに取りにいかせた。彼の下半身は、期待で激しく隆起していた。

麻美は隣のリビングへ行き、引出しの中から浣腸を取り出した。イチジクの箱を手にした時、全身に震えが走った。これから竜也の前で恥ずかしい姿をさらすのかと思うと、大粒の涙が零れる。

「おーい！　早く持って来いよ！」

隣の部屋で、竜也が大きな声を出す。麻美は手で涙を拭うと、「はい、今行きます」と返事をした。そして浣腸を持ち、竜也が待つ部屋へと戻った。

（もう、逃げられないわ。ご主人様に浣腸をされて、わたしはまた更に堕ちてゆくのね。愛奴になるのね）

麻美は、意を決した。彼女がイチジクを手に戻って来ると、竜也はニヤリと笑った。

竜也は再び麻美を四つん這いにさせ、その菊座へとイチジクを二本注入した。尻を高く突き出させられ、浣腸をされる屈辱と羞恥で、麻美の顔は真っ赤になる。覚悟は決めていたが、思ったよりはるかに恥ずかしい。子供だって浣腸をされる時、こんなに屈辱的な恰好はしないであろう。冷たい浣腸液が麻美の腸へと染み渡るにつれ、屈辱と羞恥が身体の中を駆けめぐり、そして次第に麻痺してゆくのだった。

「ほーら、麻美ちゃんのケツが、イチジク浣腸二本も吸い込んじゃった。Hなアナルだなあ。

ここから、どんな臭いウンコが出て来るか、楽しみですねー」

　竜也はからかうように言って、今度は指を麻美の膣へと差し込んだ。今入れたばかりの浣腸液が漏れそうになり、麻美が「ああっ」と叫ぶ。

「何だよ、お前は本当に淫乱だなあ！　浣腸されて、マンコをこんなに濡らすなんて！　凄いよ、グッチュグチュだよ。ほらほら」

　竜也は、彼女の膣に指を激しく出し入れして、弄んだ。

「や、いや、やめて——！　で……出ちゃう、出ちゃいます！」

　額に脂汗を滲ませ、身をくねらせて麻美が叫んだ。イチジクの効き目は思ったより強く、もともと腸の弱い麻美は、今すぐにでも漏らしてしまいそうだった。こんなふうに下半身を刺激されれば、なおのことだ。

「い……いやーッ！　本当に出ちゃう、出ちゃいます！　あっ……ご主人様、お願いです。……おトイレに、おトイレに行かせてください。約束してくれたでしょう？……お願い、我慢できません……」

　身を震わせて便意を堪え、目に涙を浮かべて懇願する麻美の姿は、竜也の凌辱心を激しくかき立てた。耐えきれず、竜也はいきり勃った肉棒を、ズドンっと麻美の膣へと突き立てた。

「きゃ、きゃ——ッ、漏れるう！」

麻美が、泣き叫ぶような悲鳴を上げた。竜也は一度突き刺したペニスを抜き取ると、トイレに行くよう、許しを出した。麻美はお腹を押さえて慌ててベッドから下り、よろめく身体を竜也に抱えられ、トイレへと向かった。どうにか漏らさずにトイレまで辿り着き、礼を言ってドアを閉めようとした時だった。竜也がトイレの中にまで入って来て、鍵を閉めてしまった。

「や……やだ、何するの？　トイレでさせてくれる、や……約束ですよね？」

麻美は限界に来ている便意を必死で堪え、涙ながらに訴えた。

「ふふ、そうだよ。でも、トイレでウンコさせてやるとは言ったけれど、その姿を見ないなんて、俺、ひとことも言ってないじゃん」

「………………！」

竜也はニヤニヤと笑って、追い打ちを掛けた。

「さあ、観念して、ウンコしてもらおうか。高慢チキなゴージャス美人・麻美ちゃんのウンコはどんな匂いなんでしょう！　ほら、尻こっちにして、反対向きになって腰掛けろ。じゃないと、ウンコが出て来るところ、よく見えねえからよ」

そう言って竜也は、洋式の便器に麻美を反対向きに座らせた。竜也の前で排便することは、まさに死んでしまいそうなほど恥ずかしく、麻美は頰を真っ赤に染めて身を震わせた。女王様の黄金プレイとは、わけが違う。生まれて初めて〝愛しい〟という気持ちを抱いた男の前で、排泄をするのだ。

激しい屈辱で、麻美の目に涙が滲む。そう、彼女は竜也の前では、身も心も完全にマゾヒストになってしまうのだ。麻美は歯を食いしばり、顔を真っ赤にして、必死で便意を堪えた。しかし我慢しきれず、とうとう竜也の前で、粗相をしてしまった。麻美のアナルから、初めは浣腸液とともに黄土色の液体がチョロチョロと垂れて、そのあと、音を立てて凄い勢いで便が流れ出る。竜也は麻美の背中を摩って優しく見守りながらも、意地悪な言葉を投げ掛けた。

「あー、すごいなあ！　麻美ちゃんのウンコが、淫乱アナルからブリブリ音を立てて、ひねり出てるよー！　いやー、クサイなあ！　麻美ちゃん、真っ赤なお顔で可愛いですねー。麻美ちゃんみたいな美人でも、やっぱりウンコはクサイんだなあー」

麻美は恥ずかしさのあまり、声を上げて泣き崩れた。

排泄の姿を見て興奮が極まった竜也は、それから四度、その逞しい肉棒で麻美を犯した。まだビギナーだった麻美のアナルも、指が二本入るほどに拡張された。浣腸のあとでは、アナルを弄ばれても便意を催さないことを、彼女は身をもって知った。便を出したあとではアナルの中は空洞のようになり、ローションをたっぷりと塗れば、多少の異物ならば入るように感じた。しかし、まだ竜也の肉棒を菊座で受け入れる勇気は無く、彼もそこまでは無理強いしなかった。麻美の膣は、締まりといい吸いつきといい感触といい抜群に良かったので、竜也はそこで充分に楽しめたからだ。

竜也はあれほどハードな仕事のあとでも、その逞しい肉体に汗を滴らせ、一晩中、麻美の身体を凌辱した。蒸し暑い夏の夜、二人は汗にまみれて、夜通し互いの肉を貪りあった。まるで、獣が戯れているかのように。そして二時間だけ眠ると、竜也は起き上がり、仕事場へと向かうため部屋をあとにした。まだ眠っている麻美を起こさないように、そっと額にキスをして。昼近くになって目覚めた麻美は、テーブルの上に竜也の走り書きを見つけた。

『今度の週末、俺の家に来い』

そう書かれた紙を見て、麻美は、フッと妖しげな笑みを浮かべた。そして、昨夜あれほど貪りあったのに、週末に起こるであろうことを想像し、彼女の花弁は、またも激しく潤ってゆく。

夜景が美しい銀座のレストランで、麻美は佐伯とディナーを共にした。彼は事務所の経営や世相などを饒舌に喋り、いつものように自分の権力と博識を麻美にアピールする。彼女は笑顔で相槌《あいづち》を打ちながら、時おり退屈そうに、窓に映る夜景に目を移した。

「どうしたんだい？　麻美さん、今日は随分おとなしいんだね」

デザートが運ばれて来て、佐伯が麻美に問い掛けた。

「そ……そんなこと、ないわ。いつもと同じです」

麻美は紅茶を啜りながら、取り繕うように言った。佐伯は微笑むと、低い声で静かに話した。

「それなら、いいんだがね。政治の話をしたりすると、いつもなら君は僕につっかかって来るからさ。ふふ、今日は何だかぼんやりしているなあ、と思って。……僕ももう歳だし、さては誰か若くていい男ができたんじゃないかな、ってね」

じっと見つめられ、麻美は目を逸らすように、俯く。佐伯は少し淋しげな笑みを浮かべ、鞄の中から、リボンが掛けられた小さな箱を取り出した。

「プレゼントだよ、受け取ってくれるね」

麻美は、丁寧にマニキュアを塗った指先で、そっと小箱を開けた。中には、今日着ているドレスと同じ色の、ルビーのリングが輝いていた。

「ふふ、その指輪には特別な意味は無いから、安心して受け取っておくれ。ほんの気持ちだよ。……しかし、麻美さん、そろそろ私の言ったこと、真剣に考えてくれませんか？　自分で言うのも何だが、一度離婚をしていて歳がいっているということを別にすれば、私には何でも揃っているのではないかな。社会的な地位も、名誉もある。経済的にも、君を絶対に満足させる自信がある。私と結婚すれば、麻美さん、貴女は一生贅沢して暮らせるよ。……それに、私と貴女は、その……性的にも趣味が合うしね」

佐伯は色目遣いで、麻美を見た。麻美は輝くルビーを見つめながら、黙って話を聞いている。

「まあ、急がなくてもいい。私の後妻に入る件、考えておいてくれたまえ。……もし、貴女が承諾してくれたら、私は残りの人生全てを、麻美女王様の下僕となることにかけるよ。ハハ、それにこんなに若くて美しい女性と再婚といったら、皆に自慢できるからな！……何しているんだ、早くその指輪をしまいなさい。ちゃんと決まった時には、またもっと高級な物を贈るから。……ほら、私がつけてあげよう」

佐伯はそう言うと、彼女の白く柔らかな手を摑み、その薬指へとルビーのリングを通した。

「有難う……。考えておくわ……。とっても綺麗ね、このルビー……」

麻美はそうポツリと言って、目を再び窓へと移した。煌めくネオンをぼんやりと見ながら、彼女は思った。

（もし、この人と結婚しても、私は、あの男のことを、竜也のことをもう忘れることはできないわ……。まだ二回しか経験していないのに、あの人の肉体とセックスは、もはやこんなにも、私の身体に浸透してしまった。私は、きっと、もう元へは戻れない。だって、あんなにも、堕ちてしまったのだもの。……もし佐伯と一緒になっても、きっと私は竜也と会うことを、やめるなんてできない……）

赤縄と蠟燭が夕陽に映えて

麻美は、土曜日の夕方に、竜也のアパートを訪ねた。男の独り暮らしゆえか、小汚くすえたような匂いがする、西陽の射す狭い部屋だ。何処に腰を下ろしていいのか分からずに躊躇っている麻美を、竜也は背後から抱き締め、乳をまさぐった。

「ダメ……。そんな、突然……」

麻美は隣の部屋に聞こえるのではないかと恐れ、喘ぎ声を必死で抑え、言った。

「何だよ、こうして欲しいから来たんだろ。逢いたかったよ。もう溜まっちゃって溜まっちゃってしかたねえんだよ。……お前にこの間四発抜いてもらってから、マスもかいてねえんだもん。あ、でもイッパツ抜いたな、お前のマンコのこと思い出しながら。さて、今日もお前のここで、溜まってるモン抜いてもらうか。……あれ、何だよ、もうグチュグチュになってんじゃん」

竜也は後ろから麻美のパンティーを引きずり下ろすと、その熟れた股間をまさぐった。彼女の秘部からは、すでに蜜が止めどなく溢れている。竜也は節くれだった指で、麻美の花肉を掻き回した。右手の中指をヴァギナの奥へと突っ込み、勢い良く出し入れする。蜜が溢れた麻美のヴァギナからは、竜也が指を動かすたびに、ジュポジュポという卑猥な音が漏れた。

「あ……、ああっ……」

堪えきれず、麻美が喘ぎ声を出す。竜也は彼女の可愛らしい声をもっと聞きたくて、さらに指を勢い良く出し入れした。その、くすぐったいような気持ち良さに、麻美は思わず、あん、とよがった。乳房を剝き出しにされ、その薄紅色の乳首は竜也の指でますます尖ってゆく。竜也は中指を麻美の膣に出し入れしながら、親指でクリトリスを器用に愛撫する。麻美はあまりの快楽に、思わず失禁しそうになった。

「ダ……ダメ……もうイッちゃう……」

「何だ、もうイキそうなのか？　ホントにお前は淫乱のメス犬だなあ。よし、俺がお仕置きしてやろう」

そう言うと竜也は、彼女をいったん解放し、押入れから赤い縄を取り出した。麻美は、ぼんやりと縄を見つめた。いつも奴隷を縛る時に使っていた、あの縄だ。

「これでお前を縛ってやるよ。淫乱女には、赤縄がお似合いだ」

竜也はニヤリと笑うと、麻美の洋服を荒々しく脱がせた。竜也の大きな手が、彼女のエレガントな洋服を剝ぎ取ってゆく。麻美は竜也に乱暴に扱われると、止めどなく感じてしまう。洋服を脱がされるだけで、花弁はさらに潤った。

シルクのブラとパンティーも剝ぎ取られ、麻美の、極上の霜降り肉のような裸体が現れる。竜也はゴクリと唾を飲み込むと、その白い裸身を、赤縄で縛った。SM誌の見よう見まねであるから、それほど巧くはないが、愛奴の肉体に縄をしっかり食い込ませてゆく。亀甲縛りを施され、胸を赤縄でグルグルに固められ突き出させられた麻美は、不思議なエクスタシーを感じていた。拘束され、エロティックな気分になり、麻美の花肉からは蜜が溢れ出た。竜也は麻美を縛り終えると、額の汗を拭き、満足そうに言った。

「やっぱり思った通りだ。お前の身体には、縄が似合うよ。縛り甲斐のある身体だもんな……。色っぽいよ、すごく……」

麻美は赤縄を豊満な肉体に食い込ませて、振り返った。髪がはらりと垂れ、熟れた唇が輝き、見事に妖艶だ。西陽が窓から射し、彼女の白い肉体が、夕陽の中で煌めいた。

竜也は麻美の唇を荒々しく奪うと、押し倒した。すぐにでも犯したい気持ちを抑え、縄をもう一本取り出すと、彼女の右手首と右足首、左手首と左足首を縛ってしまった。こう縛ると、まるで蛙のような恰好で、秘部は丸見えになる。夕陽の射す部屋で女性器をさらけ出しながら、麻美は羞恥の涙で目を潤ませた。

竜也はタオルで、麻美の口を塞いだ。麻美は、自分が、何か〈物〉になったように思い、そっと目を閉じた。今度は竜也は蠟燭《ろうそく》を取り出し、火をつけ、愛奴の身体へと落とし始めた。麻美は初めての蠟に、身を固くしながら、悶えた。

「ううっ……。うううううっ……」

口を塞がれてしまっているので、言葉にはならない叫びを上げる。竜也は麻美の胸に集中して、蠟を垂らした。熱い蠟が身体の上に落ちると、麻美は一瞬痛みを感じた。しかしそれに慣れてくると、熱い温泉に入っているような感覚になり、次第に気持ち良くなり始める。熱い蠟を垂らされ、身体の中から、エクスタシーがじんわりとこみ上げてくるようだった。目を開けて、そっと身体を見ると、全身に赤い縄を掛けられ、赤い蠟を落とされている。麻美は自分のその姿に、うっとりとした。

（ああ……。私、これで、もう本物のM女だわ……。嬉しい……）

麻美は恍惚として、竜也を見上げる。蠟を落とす竜也の目は、鋭く輝いていて、麻美はゾクッとした。竜也の口元には妖しい笑みが浮かび、下半身は激しく隆起している。それを確認すると、彼女は満足げに目を閉じた。

(私の身体で、ご主人様は悦んでいらっしゃるのね……。嬉しい。私、ご主人様の玩具なんだわ……)

拘束され、蠟を垂らされて不思議なエクスタシーを感じていた麻美は、更に激しく花弁を濡らした。全開になった愛奴の秘部を見て、竜也が意地悪く言う。

「なんだよ、そんなに濡らしちゃって。ヌラヌラしているのが、分かるよ。まったく淫乱女だなあ、麻美ちゃんは」

麻美は恥ずかしそうに、耳たぶまで赤く染めた。そんな麻美に、竜也は堪らないといったように、溜め息まじりで言った。

「……でもお前、色っぽいよ。最高に、綺麗だ。お前の真っ白なカラダに、薔薇の花が咲いているみたいだよ」

竜也の言葉に、麻美は目を見開き、長い睫毛をしばたたかせた。大きな瞳は、濡れるように潤んでいる。彼女の身体の奥底からエクスタシーがこみ上げ、このまま達してしまいそうだった。美しい額に、汗が滲む。麻美はこの時、身体だけでなく心までをも、竜也に縛られてしまったように思った。

麻美のあまりに妖しい姿に、竜也はとうとう我慢できなくなり、覆いかぶさった。麻美の悩ましい喘ぎ声が聞きたかったので、口のタオルは外してやり、拘束したままの愛奴を犯し始めた。竜也の肉棒で突かれるたびに、麻美の白い乳房はプルンプルンと揺れ、口元からは快楽の涎が垂れる。

「ほらほら、これがご主人様のお仕置きだよ。どうだ、淫乱女！　縄と蠟で、こんなに濡らしてしまうなんて。こんなに淫乱とは、思わなかったよ。……ああ、でもお前の淫乱マンコは本当にスゴイなあ。どんどん良くなっていくよ。蛸壺巾着って、ホントにあるんだな。ああ、何だこのマンコ、吸いつくみたいだ……たまんねえ」

麻美は竜也の「たまんねえ」という言葉とともに、「ああっ」と悲鳴を上げ、達してしまった。潮を吹いてしまったようで、膣から何かがシャーッとシャワーのごとく飛び散る。竜也のペニスに彼女の膣の痙攣が伝わってきて、激しく収縮を繰り返した。麻美の膣の感触は、まさに蛸に絡まれてその粘つく足で締め上げられているようだ。竜也も堪らず、叫び声を上げた。

「ちっくしょう！　俺もイキそうじゃんかよ！　この淫乱女！　淫乱女！」

竜也の腰の動きが早まり、麻美の中でペニスが最大限に膨れ上がった時だった。麻美が腕を竜也の首へと絡ませ、妖しい笑みを浮かべて、ねだった。

「ねえ……。中で出して……」

「……えっ？」

汗だくの竜也は、麻美の妖気に満ちた潤んだ目を見つめた。彼女の真紅のルージュを塗った唇は、濡れて、光っている。

「……うふ、今日は安全日なの。だから、中で出しても大丈夫よ。ねえん、ご主人様のミルク、麻美にちょうだい……」

彼女はそう言って、腰を艶めかしく動かす。快楽に陶酔している麻美の妖しさに打たれ、竜也は堪えきれずに、呻き声を上げて放出した。麻美は、自分の膣の中に、生暖かいものがムワッと広がるのを感じた。そして彼女は薄笑みを浮かべ、竜也の肉棒の痙攣を愉しんだ。精液を出しきり、竜也の肉棒が徐々に萎んでゆくのを、麻美は可愛いと思った。

「あー、もうダメだ。全部吸い取られちゃったよ、俺。あー、すげえ良かった」

竜也は息を荒らげて、畳の上にゴロンと寝そべった。全身から汗が噴き出している。麻美は竜也の隣に横になり、彼の乳首を弄りながら言った。

「何よ、すぐにまた大きくなるクセに……」

麻美は悪戯っ娘のような目で竜也を見つめ、乳首へと舌を伸ばし、ペロペロと舐めた。彼女の肉体は竜也の精液を吸い取るたびに、ますます艶めかしくなってゆくようだ。肌の色は透き通るように白く、胸と尻はますます膨れ、腰は更にくびれたように見えた。今や彼女の肉体は、セクシーというのを通り越し、卑猥でさえある。女の奥深いエクスタシーを知ってしまった麻美は、本来の淫蕩《いんとう》な性質が剝き出しになったかのように、竜也のセックスを求めた。そして淫乱性が剝き出しになった麻美を、竜也は堪らない気持ちで眺めていた。

竜也はもともと、官能的な女が好みだ。工事現場の前を通りすぎる麻美を見るたび、(ふん、随分高慢チキな女だな、好きそうな顔してるくせに……)と思いながら、股間を疼かせていた。そして、この小汚いアパートで独り布団にくるまり、麻美を思うがままに犯すことを想像して、いったい何度激しい自慰に耽っただろう。上品ぶった彼女を貶め、自分の言いなりにし、果ては自ら尻を振って肉棒をねだるメスに仕上げることを想像して、竜也はペニスを扱いたのだ。そしてそれが今、現実のこととなり、麻美は想像以上に淫乱だった。

麻美は、竜也の達したばかりのペニスへと舌を這わせ、肉に飢えた雌のように黒い塊を貪った。竜也は満足げな笑みを浮かべ、麻美の滑らかな背中を撫でる。麻美はご主人様の笑顔を見ると嬉しくて、更に一層丁寧に舌奉仕をした。彼女の舌はペニスだけでなくアナルへも伸び、シャワーを浴びていない竜也の身体の隅々にまで這う。麻美は、まるで自分が本当に舐め猫にでもなったかのような錯覚で、「にゃあ」と言いながら、彼の身体中を舐めた。部屋はエアコンがあまり効かず、二人とも汗を滴らせていた。麻美は竜也の脂ぎった足の裏まで丁寧に舐めた。もう、竜也の身体のどこを舐めても、「怖い」という思いは無い。初め、すっぱいような臭気が彼女の鼻をついたが、あまりにも強い匂いだったので徐々に麻痺し、麻美は足の指までしゃぶれるようになった。竜也が、「疲れただろ、少し休めよ」と言うまで、麻美は恍惚として舌奉仕を続けた。

竜也は麻美に目隠しをし四つん這いにさせると、後ろ手に拘束して、尻を高く突き出すように命じた。そして充分に回復したペニスを、愛奴の膣へと突き立てた。身動きできない麻美は、完全に竜也の性を処理する道具だ。目隠しをされたことで、麻美は自分の人格が否定され、本当に〈モノ〉へと堕したような気分になった。麻美はまるで竜也の欲求処理の性具のように荒々しく扱われ、若く逞しい性をぶつけられた。そして彼女は、そのような扱われ方をされればされるほど、興奮し、激しい官能を得てしまうのだ。

「……ねえ、私、ソープ嬢みたくなれたかしら……？」

麻美は薄れゆく意識の中、竜也に訊く。竜也は愛奴の白くむっちりした尻を抱きかかえて、腰を激しくぶつけながら、息を弾ませて言った。

「何言ってんだよ。……うっ。……ソープ嬢なんてもんじゃねえだろ。それ以上だよ、淫乱女さん。……ううっ、お前は最高の肉人形だよ。……俺の性処理道具なんだよ！」

麻美は竜也の乱暴なセックスと卑猥な言葉に、自分でもどうしてよいのか分からないほど感じて、遠ざかる意識の中、何度も達した。頭の中は真っ白になり、ただただ快楽が彼女を麻痺させた。麻美は、堕ちてゆく自分を感じながら、涎を垂らして淫乱なメスのように腰を振り続ける。竜也は麻美のあまりの淫らさに触発され、ペニスを抜き取ることなく、二回連続して彼女の中で精液を放出した。

激しく交わった後はさすがに疲労し、暫《しば》し二人で寝そべっていた。

気づくと、もう窓の外は暗く、陽は落ちていた。竜也がお腹が空いたというので、麻美は冷蔵庫から卵やハムを取り出し、あり合わせのものでご飯を作ってあげた。

「わー、すっげー嬉しー。俺、女の人の手料理を食うなんて、どれぐらいぶりだろう。すっげー嬉しいよ。麻美さん、有難う」

竜也は心底嬉しそうに言うと、麻美が作った料理を、すごい勢いで貪った。「ウマい、ウマい」と言って味噌汁を啜る彼を、麻美は微笑みを浮かべて、母親のような気分で見つめる。決して行儀が良いとは言えない食べ方だったが、麻美は、そんな竜也が愛しかった。

食事が済むと、竜也は「近くでビールを買って来る」と言って、部屋を出て行った。麻美は残され、ぼんやりとテレビを眺めていた。キャミソールから伸びた腕には、縄で縛られた跡が残っている。それを見ながら、拘束されたままで犯されることの悦びを、彼女は思い出していた。

（またご主人様に縛ってもらえるのかしら……）

そう思い、麻美はまたも下腹部を熱くさせる。彼女の花弁は、すでに蜜で潤っていた。

竜也はすぐに戻って来た。ビニール袋をテーブルに置くと、竜也は麻美に、見てみろ、と言った。麻美はこっそり中を覗き、「あっ」、と小さな叫び声を上げた。ビニール袋の中には、キュウリ、ニンジン、ソーセージやイチジク浣腸が詰め込まれている。麻美はニンジンの太さを見て、身体を強張らせた。そしてこれから自分の身に何が起こるか、薄々と気づいた。

怯えた表情の麻美を横目に、竜也はニヤニヤとしながら押入れを開けた。そしてアナル用のバイブ数本と浣腸器を取り出した。アナル用バイブの巨大さに、麻美は目を大きく見開いた。

（こ……こんなに大きなものを、私の処女の菊座に入れようというの？　そんなの、無理よ……。こ……怖い……）

麻美は身を激しく震わせた。アナルへの恐怖は、まだ無くなっていない。目の前に並べられた、野菜やソーセージやバイブや浣腸の生々しさに、彼女の恐怖心はさらに煽《あお》られ、涙が滲んだ。麻美は竜也を、すがるような目で見た。

「なんだよ……。そんな目をして。怖いのかい？　お前、言っただろう？『ご主人様の仰ることは、何でも聞きます。道具になります』、って」

「……はい、言いました。……でも、アナルは……まだ、怖いんです。この間も……痛かったし……。それは、それだけは、許して頂けませんか……」

麻美の口元が歪む。竜也は小刻みに震える彼女の身体を抱き締め、頬擦りして耳元で囁いた。

「どうしても……欲しいんだよ。お前の、アナルのヴァージンが。お前の、処女のものが……。お前の身体に、俺の印を、深く深く、刻み込みたいんだ。……お前が、愛しいからさ……。俺だけのものに、したいんだ」

竜也はそう言うと、麻美の身体を更に強く抱き締めた。竜也に頬擦りされると、髭剃りの跡がチクチクと当たる。麻美は、心の中に熱いものがこみ上げてくるのを感じた。すると身体の芯が火照り、秘部からは蜜が溢れた。麻美は竜也の腕の中で、決意をした。

「ご主人様、分かりました……。その代わり、優しくしてくださいね……」

竜也は笑顔で頷くと、麻美の頭を撫でた。

「聞き分けの良い、いいコだね。優しくするよ。お前は、俺の大切な玩具……、いや、宝物だからな」

竜也の無邪気な笑顔を見て、麻美は早くアナル・ヴァージンを奪って欲しくて、仕方がなくなってしまった。竜也を悦ばせてあげられるのなら、自分はどんなことでもしたいと思った。麻美の心の中に、ご主人様の可愛い肉奴隷でいることの悦びが、湧き上がってくる。

「時間はたっぷりあるから、ゆっくりやろう」

竜也の言葉に、麻美はコクンと頷く。彼女は、自分でも不思議だった。ずっと軽蔑していたM女……雑誌などで見て吐き気すら感じていた〈性奴〉になることを、自ら熱望するなんて……。

（性の力というものが、人間を痴人にしてしまうって、本当のことなのかもしれない）

麻美は思った。

アナル調教

麻美の菊座への調教が始まった。麻美は竜也の言いつけ通り、全裸で四つん這いになって、尻を高く差し出した。

「綺麗なアナルだなあ。食べたくなっちゃうよ」

竜也は彼女の菊座へ、そっとキスをする。

「あ……ん」

竜也の吐息が菊座に掛かり、麻美は身悶えした。全身が過敏になっているせいか、竜也の愛撫だけでくすぐったいような快感を得る。竜也は麻美が感じていると分かると、その処女の蕾を舐めた。舌を尖らせ、麻美の菊座の入口を丹念に舐め回す。

「あ……ああん。……ダメ……ダメです、ご主人様……」

四つん這いになった麻美が、身悶えした。

「おい、麻美。なに、切なげな声を出してるんだよ？　どうだい、マンコの具合は？」

そう言って、竜也が膣へと指を入れた。潤っている膣は、何の抵抗も無く指を呑み込んだ。

「やっぱり、お前は淫乱だな。アナルにキスされて、お前のマンコ、もう濡れ濡れになってるよ。よし、目にあまる淫乱ぶりだから、お仕置きに、浣腸をしてあげよう」

そう言うと竜也は、麻美のアナルにローションを塗り、ガラスの浣腸器を差し込んだ。

「ああっ……」

冷たく硬質な異物感に、麻美は思わず叫び声を上げた。菊座の中に、イチジクを溶かしたお湯浣腸が流しこまれる。麻美はアナルにはまだ恐怖心があるが、浣腸されることには何故か感じる。自分の家で竜也に浣腸をされた時も、それだけで、膣を激しく濡らしてしまった。そして今、ガラスの浣腸器で菊座を嬲られ、麻美は前以上にしとどに濡れた。

麻美のお腹には、一リットルほどのお湯浣腸が注入された。お腹はポコンと膨らみ、四つん這いでいると、まさにホルスタインのようだ。

「ははは……。お前、牛みたいじゃねえか。乳搾りできそうだよ」

竜也はそう言って麻美をからかった。麻美は顔を真っ赤にして、俯いたままだ。腸の弱い彼女はすぐに浣腸が効き、顔を真っ赤にして、トイレに行かせてくれるよう竜也に懇願した。竜也はニヤリと笑うと、洗面器を持って来た。洗面器を見たとたん、麻美の身体に戦慄が走る。そして口元を歪め、恨めしげに洗面器を睨んだ。

「ここにしろ。見ていてやるから」

竜也は、有無を言わせぬような強い口調で命令した。麻美は怯えながら、竜也を見た。先日の調教でも、竜也の目の前で排泄を強要されたが、トイレの中だった。でも……今度は、洗面器に、である。それも、こんなに間近で。これでは、便が出て来るところも、しっかりと見られてしまうではないか……。そう思うと、麻美の目に屈辱の涙が浮かんだ。麻美にとって、竜也は誰よりも愛しい男だ。愛しい男の前で、排泄行為を見せるなんて、女にとっては屈辱以外の何ものでもない。家で排泄を見られた時の、あの耐え難い羞恥と屈辱が、彼女の心に蘇る。麻美はパンパンに張ったお腹を摩り、洗面器を睨んだ。便意がこみ上げ、限界に達した。麻美は頬を真っ赤にして、竜也に懇願した。

「ご主人様……。お願いです……から……。うっっ。……おトイレで……おトイレで、させて……くれませんか……」

麻美の声はうわずり、震えていた。唇は青褪め、目には涙がいっぱい溜まっている。痛々しい表情の麻美に、竜也ははっきりと言った。

「ダメだ。ここでしろ。俺の目の前で。見ていてやるから」

「で……でも、うんち、汚いし……」

麻美の涙声に、竜也は微笑んだ。

「ははは……。汚いなんて、思わないよ。責めてやりたいから、そりゃ言葉では『クセー』とか言うかもしんないけどさ。汚いなんて、絶対思わないよ。だって、愛しいお前のうんちじゃん。……ただ、お前の全てを、見たいんだよ。うんちしたあと、拭いてあげるから、安心してしてごらん。大丈夫だよ」

「き……嫌いになったりしませんか？　私のこと……」

彼女の目から、涙が一雫、零れた。竜也は、麻美の頭を撫で、言った。

「嫌いになったりするもんか。……もっと、もっと、好きになるよ。お前のことを」

麻美は竜也の言葉を聞きながら、激しい便意についに耐えられなくなった。竜也にすがりついて立ち上がり、麻美は洗面器にしゃがんだ。涙に濡れた目で、竜也の顔を見る。その優しい目は、「大丈夫だよ、してごらん」、と言っているように見えた。麻美はふと気が緩み、その瞬間、アナルからジャ――ッともの凄い音を立てて、透明な水が勢い良く流れた。

「うっ……」、彼女は手で顔を覆い、屈辱の声を漏らした。

竜也に見守られて、麻美は排便をした。透明な水が一度止まると、今度は便が混じった茶色い液体が噴き出し、最後に下痢状の液便が流れ出る。あまり食べてないからか、固形状の便の量は、それほど多くない。麻美は排泄姿を竜也に見られるのはもちろんだが、それ以上に脱糞する時の〈音〉を聞かれることが恥ずかしかった。彼女の頬は、羞恥で真っ赤に染まった。竜也は、恥じらう麻美の姿を見て、股間を激しく隆起させていた。

排便が終わると、竜也は麻美の菊座を、ティッシュで綺麗に拭いてやった。竜也は彼女のへこんだお腹を摩った。麻美は涙ぐんで、恥ずかしそうに、彼の胸に顔を埋めた。竜也は麻美の手を持ち、股間へと導く。ズボンの上からでも、いきり勃っていることが分かる。麻美は恥じらい、頬を染めた。

竜也の調教は愛情溢れながらも厳しく、麻美は三回浣腸をされ、排便を繰り返した。二度目の浣腸で、茶色の液体が噴き出し、それで腸に残っていた便が全て排出されたようだった。三度目の浣腸では、ほぼ透明な液体しか出なかった。

浣腸が終わると、少し休んでから、アナルの拡張が始まった。麻美は、三度に及ぶ浣腸で、激しい虚脱感のまま四つん這いになった。アヌスにローションがたっぷりと塗られ、竜也が指を一本、二本と入れ、マッサージしながらほぐす。指三本を入れたところで麻美が痛がったので、またローションを追加して、菊花をほぐしていった。時間を掛けてゆっくりとほぐすうちに、麻美の菊花は柔らかくなった。ローションをたっぷりとつけているせいか、痛みも感じないようになる。指を入れられても、出し切ったせいか、便意などは催さない。完全に空洞状態になっていた。

「じゃあ、試しにソーセージを入れてみるか」

今の麻美は、もはや〈人間の感情〉というものが死んでしまっていた。ソーセージをアナルに入れられるなど、普段なら、耐えがたい屈辱であろう。しかし、今、彼女は何だか自分が本当に〈物〉になっているような気分だった。

竜也を悦ばせるための玩具……。ダッチワイフ。性玩具。ご主人様の性欲処理器。そして、自分はもう、逃げられないのだ。

(ご主人様を悦ばせてあげなければ)

倒錯した官能の中、麻美は自分の運命を受け入れ、それに殉じるように固く目を閉じていた。

竜也が手にしたソーセージは、難なく麻美のアナルへと入った。初めは少し痛みを感じたものの、慣れてくるとそうでもない。ソーセージをアナルに入れられているという生々しさが、彼女を高揚させ、思わず尻を振らせた。そんな麻美を見て、竜也は卑猥な言葉を投げ、からかった。

「ほらほら、麻美ちゃんのケツの穴にソーセージが突き刺さってるねー。チンチンが入ってるみたいだなあ！」

刺激され、彼女は頬を染めつつも、花弁を更に濡らす。ソーセージが終わると、キュウリ、ニンジン、と責めは執拗に続いた。

夜が明け、空が白み始める頃には、麻美の菊座は直径三センチほどのバイブが入るまで拡張されていた。竜也の腕が良かったのか、菊座からは出血も全く無い。竜也の丁寧な拡張によって、彼女のアナルは、何の抵抗も無く、異物を受け入れられるようになった。感覚も麻痺して痛みは全く無くなっていたが、気持ちが良いのかと訊かれれば、麻美はまだ答えられない。

ニンジンを使って拡張している途中、竜也が我慢できなくなり、怒張したペニスをいきなり麻美のヴァギナに突き刺して、荒々しいセックスを始めたことがあった。麻美は四つん這いになってバックで竜也に責められながら、快楽の涎を垂らした。

「だって……お前のマンコが、ヒクヒク動いてるんだもんよ、さっきから……。チンポが欲しい、って叫んでるみたいだからよ……」

竜也は激しく腰を打ちつけ、一方的に、麻美のヴァギナにザーメンをぶちまけた。愛しい男性にヴァギナとアナルの両方の穴を、じっと見つめられているのだ。女ならば誰だって、感じてピクピクと収縮するであろう。麻美は竜也に一方的に犯されながらも、精液を搾り取ることができて、嬉しかった。竜也が自分の肉体で快感を得ることは、彼女自身の悦びでもあった。

そのようなことを夜通ししていたので、明け方には、麻美はかなり疲労していた。竜也は彼女の身体が心配になったので、一度眠ることを提案した。

「フトン敷いて、一緒に寝よう。よく頑張ったね」

竜也の優しい言葉を聞いたとたん、麻美の目から、ハラハラと涙が零れた。竜也は驚き、麻美を抱き締める。一回り小さくなったような身体で、麻美はご主人様の腕の中で震えながら泣いた。

「よしよし、疲れたかい？　大変だったね。短時間で、よくあれだけ頑張ったね」

竜也は麻美の頭を撫でた。

「ううん……。ううん。そうじゃないの。……私ね、私、恥ずかしかったの……。うううっ……。……恥ずかしかったの。ご主人様が悦んでくださったのは、嬉しいけれど……」

麻美は張り詰めていた糸が切れたかのように、泣きじゃくった。浣腸を何度もされ、何時間ものあいだ、愛しい男の前で、全裸で花弁と菊座をさらけ出していたのだ。彼女は、肉体以上に、精神が疲労していた。竜也は麻美が痛々しく、その身体をきつく抱き締めた。

「分かったよ。疲れているんだね。少し眠ろう……。でも、お前、イヤじゃないんだろう？随分、感じていたみたいだったよ……」

優しく聞き入れながらも、竜也は麻美を少しからかうような口ぶりで言った。麻美は急に甘えた声に戻ると、上目遣いで、ちょっぴり拗《す》ねたように答えた。

「もう……意地悪ね。ヴァギナはもちろん……アナルも少しずつ感じてきたけど……。でも、浣腸されたりするの……恥ずかしかったんだから。……ウンチするのも……」

竜也は堪らないといった表情で、麻美の額に口づける。そして二人は一緒に布団にもぐり込み、抱き合って眠った。

眠りから覚めると、もう午後三時を廻っていた。少しまどろむと、二人はアナル調教の続きを始めた。麻美はお腹が空っぽだったが、物を食べてしまうとまた腸を洗浄しなければならないので、何も口にしない。竜也も、終わったら後でメシでも食いにゆこうと、麻美に付き合った。

麻美はまた四つん這いになり、菊花を竜也の指でほぐしてもらった。昨夜たっぷりと拡張されたせいか、彼女の菊花はちょっと揉みほぐすと、すぐに開いた。竜也はアナルにローションをたっぷりと滲ませ、一番小さいバイブを試してみたが、難なく入る。二番目に太い、直径三・五センチほどのバイブは初め入口でつかえたが、ローションで滑りを良くすると、根元まで入った。

「すげえなあ。一日で、こんなのまで入るようになるんだものなあ」

竜也は感心したように言ったが、驚いているのは麻美のほうだ。麻美はアナルは苦手と決めつけていたからだ。初め目にした時、恐れおののいたバイブが、今ではそれほど巨大に見えなくなっていた。この調子なら、竜也のペニスをも、呑み込むことができるように思う。竜也はバイブを麻美の菊座へと埋め込み、手で優しく動かした。菊花に物を入れられて動かされると、まさに脳天に響くようだ。ヴァギナと違ってまだエクスタシーは感じないが、竜也の手によって徐々に肉体の未知の部分が開発されてゆくのが、彼女は嬉しい。「あん、あん」と、麻美は腰を振って可愛い声で喘いだ。竜也はそんな麻美を見て、股間の隆起を抑えつつ、言葉で責めた。

「あれー、麻美ちゃんの何処かに、何かが入れられちゃってますねー。そんなに腰振っちゃって、さすがは淫乱麻美ちゃんですねー。さて淫乱麻美ちゃん、いったい、麻美ちゃんの何処に何が入っているのでしょうねー？　答えてごらんなさい！」

からかいながらも、有無を言わさぬ強い口調だ。麻美は口を閉ざして真っ赤になり、何て答えて良いのか分からず、うなだれてしまう。竜也はバイブを激しく出し入れして、麻美に再び問い掛けた。バイブから受ける刺激が強すぎて、麻美は悲鳴を上げた。

「や……いやー！　やめて！」

「じゃあ、言えよ！　お前の何処に何がささってるか！　はっきり言え！」

麻美は涙声で、竜也の言いつけに従った。

「……私の、アナルに……バイブレーターが、入っています」

「何だって？　もう一度言ってみろ？」

「……私の、アナルに……」

「アナルじゃねえだろ！　淫乱なメス豚ちゃんには、アナルなんて上等なものはついてねえんだよ。〈ケツの穴〉で充分だ。ほら、言ってみろ！　『私のケツの穴に、バイブがぶち込まれています』、って！」

竜也はそう言って、バイブを激しく動かした。勘弁して欲しくて、麻美は半泣きになって、可愛らしい声で呟くように言う。

「……私の……ケ……ツの穴に、バイブが……ぶち……込まれて……い ま……す」

「何？　聞こえねえよ、もっとデカい声ではっきり言えよ！」

麻美の甘えたような愛らしい声に刺激されて、竜也が叫ぶ。そして麻美は、竜也がよしと言うまで、何度もその言葉を言わされた。恥ずかしさのあまり、泣き出してしまうまで。

麻美のアナルは竜也の粘り強い調教の甲斐あって、直径四・五センチのバイブをも呑み込むようになった。ふと窓の外を見ると、もう薄暗くなっている。四つん這いにさせられ、何時間にもわたってアナルを拡張されれば、もはやその部分の感覚など無くなってくる。時々ズキッとはするが、それほど酷い痛みを感じないのも、竜也の調教が良かったからであろう。ローション二瓶が、すでに空になっていた。

菊座への調教の間、竜也の性欲が高まってくると、麻美は口でしゃぶって抜かされた。今日、もうすでに、麻美は三回も竜也のザーメンを飲んでいた。

「ご主人様、どうして今日は、私のアソコに挿れてくれないのですか？」

我慢しきれずに腰を振って麻美が訊くと、竜也はこう答えた。

「ふっ、お前のケツに俺のチンポを挿れるまでは、お前のマンコには挿れないことにしたんだよ。だからそれまでは、しゃぶり抜きで頼む。ま、お預けってこったな。……それが嫌なら、ちゃんとアナル名器になるんだぜ、麻美ちゃんよ」

麻美は「イヤイヤ」と、腰を振りながら挿れてくれるよう懇願したが、それも虚しく願いは却下された。

竜也のペニスが直径五センチほどであったから、四・五センチのバイブが入るようになったら、挑戦してみても大丈夫のような気がした。少し休憩をしたあと、麻美は潤んだ眼で竜也を見つめ、甘えるような声でねだった。

「ねえ、ご主人様。そろそろご主人様の肉棒で、私のアナル・ヴァージンを奪ってくださいますか？　私の大好きなご主人様の肉棒で、私に、愛奴の印を刻みつけてくださいませ」

処女を捧げて

麻美はバスタオルを敷いた布団の上に四つん這いになって、待ちきれないといったようにお尻を突き出した。集中的な調教で麻美のアナルが拡張されたのは見た目にも明らかだ。ローションを塗らなくても、竜也の指二、三本なら、すぐにでも入りそうなほど、ほぐれている。竜也は麻美の秘肉をまじまじと見た。まだ男根を食わえ込んだことのないそれは、まさに咲きかけの蕾のように、愛らしく誘いかけている。今からこの初々しい菊花を犯すのかと思うと、竜也の下腹に熱いものが駆け抜け、ペニスは激しくいきり勃った。竜也は麻美の菊花にそっと口づけし、唾液をたっぷりとつけた。舌を中に這わせると、一番初めに入れた時よりもずっと柔らかく、彼女の菊蕾は段々と熟してきていることがはっきりと分かった。

「あ……ああっ」

竜也の舌先がアナルの中で蠢くと、くすぐったくも気持ちが良くて、麻美は身体をくねらせてよがった。アナルを、ナメクジに犯されているような感覚だ。白い肉体を薄紅色に染めて喘ぐ愛奴の淫らさに、竜也は欲望を堪えきれなくなった。

そして、麻美の菊座と自らの肉棒にローションをたっぷりと染み込ませると、そのいきり勃ったペニスを蕾の入口へと押し当てた。麻美は、アナルの入口に、熱を帯びた生々しいものの感触を抱いた。押し当てられたものは、微かに脈を打ち、ムワッとした熱気を持っている。それはバイブや、ニンジンやキュウリなどではない、血が通い生命がたぎるモノであった。

（ああ、今から私は、ご主人様にこの肉棒で犯されるのだわ。この肉棒で貫かれて、愛奴の印を刻まれるんだわ……）

膣の中にペニスを挿入するなど、普通の男女ならば誰でもしていることだ。菊花を男根で犯されるという、痛々しく屈辱的なアブノーマル・セックスを受け入れてこそ、M女だ。性道具であり、雌ブタなのだ。

（私はこれで、完全にご主人様の性処理道具になれるのだわ……）

麻美は倒錯した官能の中、早く挿れて、というように尻を振った。麻美の涎が、布団を汚す。竜也は堪えきれなくなり、愛奴の豊かな尻を両手で摑むと、猛り狂った男根を、深々と蕾に差し込んでいった。

「あああっ……」

眉間に皺を寄せ、麻美が喘いだ。麻美の菊花の中に、息吹を持った生々しいモノが、液を滴らせながら挿入されてきた。猛り狂った竜也の肉棒は、バイブなどよりもはるかに大きくて硬い。竜也も、肉棒を差し込みながら、やはり少し狭いと思ったが、もはや自分の凌辱心を止めることができず、無理矢理のように麻美のアナルに押し入った。逞しい肉棒が入って来ると、菊蕾の襞が引き攣《つ》れるようだ。生々しい熱を持って菊花を貫かれ、引き裂かれる痛みが、麻美の肉体を駆け抜けた。

「いやあああああ――、痛――――い！！！！！」

麻美が絶叫した。その声があまりに大きかったので、竜也は反射的に後ろから彼女の口を塞いだ。

「うううっ……ううっ」

麻美は口を塞がれ、呻き声を上げ、涙を零し身を捩らせて痛がった。最大限に膨れあがった竜也のペニスで肛虐される痛みは、先ほどのバイブでの調教などの比ではない。麻美はこれほどの激痛を、今まで経験したことが無かった。

（私はこのまま死んでしまうかもしれない……）

麻美はあまりの痛みに、意識が遠のいてゆくようだった。竜也はと言えば、麻美が身をくねらせて痛がる姿を見て、ますます欲情した。今まさに、自分の手で麻美のアナル・ヴァージンを奪っているのだと思うと、身体の中を興奮が駆け抜ける。彼女のいたいけな菊蕾には血が滲んでいたが、竜也は挿入を止めなかった。竜也はどうしても根元まで押し込み、麻美のこの蕾を自分の肉棒で花開かせたかった。菊花の圧迫感とたぎる欲望で、彼は今にも達してしまいそうだったが、下半身に力を込めてグッと我慢した。竜也はローションを再び結合部に垂らすと、麻美の尻を強く摑み、半分まで入っていた肉棒をググッと奥まで一気に押し込んだ。

「うううううううう――――っ」

断末魔の叫びのように、麻美が呻いた。身が粉々になりそうなほどの激痛に、麻美は、口を塞いでいた竜也の指を思わず強く嚙んだ。自分の肉棒を根元まで突き刺した竜也は、興奮が絶頂になっていて、嚙まれた指の痛みなど全く感じない。竜也は悦びの声を上げた。

「ああ！　やっとお前のケツに、俺のチンポをブチ込んでやったよ！　ああ、気持ちいいなあ！　おい、麻美、お前はこれでもう、完全に俺の奴隷だぜ。……ううっ。もう、アナルもOKのメス豚だ。どうだ、ほら、ご主人様のチンポの味は？　ああ、気持ちいいなあ。お前、アナルも名器なんだな、メチャクチャ締まりがいいぜ。……っつ。ああ、これでやっとお前を征服できたな。嬉しいよ。どうだ、ケツの処女を奪われた気持ちは？　うん？」

あまり激しく出し入れすると菊花が引き攣れるので、竜也は突き刺した肉棒を優しくゆっくりと動かした。激しい痛みが徐々に麻痺してきて、麻美は、ぐったりとなってしまった。頭の中が真っ白になり、竜也に訊かれても何も答えられない。でも、麻美は嬉しかった。どんなに激しい痛みをともなっても、竜也の肉奴隷でいられることが、嬉しかった。竜也の歓喜の声を聴きながら、彼女は涙を零した。竜也が自分の身体で悦んでくれることが、涙が出るほど嬉しい。竜也のペニスは、麻美の菊蕾の中で、入って来た時よりも更に更に大きくなっている。麻美が口から涎を垂らしたまま、本当に失神してしまいそうになったその時であった。

「うううううっ」

という野獣の雄叫びにも似た声を上げ、竜也が達した。激しい欲望をぶちまけるかのようにペニスからザーメンが飛び散り、麻美の菊花の中に粘り気のある液体がふりまかれる。二人とも、汗だくだった。竜也の身体の痙攣は、彼女の肉体をも突き動かすほど、激しい。麻美は菊蕾の中にザーメンが、生暖かい温度を持ってヌルヌルと広がってゆくのを感じていた。

ザーメンを全て出し終えてペニスが治まったのを感じると、竜也はゆっくりと引き抜いていった。ペニスを引き抜いたあと、麻美のアナルから、血が混じって薄桃色になった粘っく液体がドロッと流れた。竜也は急に麻美のアナルが心配になり、ティッシュでそっと拭った。それほど酷くはなかったが、やはり切れてしまったようで、彼女の菊座には血が滲んでいる。

「大丈夫か？　痛かっただろう。よく頑張ったね。今、手当てするから」

そう言って竜也は、力の抜けた麻美の身体を抱き締めた。うっとりとした表情で目を瞑っていた麻美が、ふと目を開け、訊ねた。

「ご主人様、ご満足でしたか？」

麻美はうっすらと笑みを浮かべ、瞳を潤ませている。竜也は彼女がいじらしくて堪らなくなり、更に強く抱き締めた。

「うん……。嬉しかったよ、とっても。お前の、アナル・ヴァージンを奪えて。有難う」

「そう……。嬉しい、私も」

麻美はそう呟くと、弱々しく竜也の胸に顔を埋めた。昨日からの長い調教のせいで、彼女の顔色は青白い。でも麻美は、肉体の疲労とは別に、ご主人様を悦ばせることができた嬉しさで、心は満たされていた。

弟の逆襲

猛り狂う陽射しも徐々におさまり、夏も終わりに近づいている。麻美は窓辺にもたれかかって夕陽を見ながら、この夏の、嵐のような出来事をぼんやりと思い出していた。

麻美はこの頃、〈女王様〉というものを、しなくなってしまった。竜也以外の男に、身体に触れられたくなかったからだ。麻美の肉体は、もはや、竜也だけのものだった。

運良く執筆の仕事が増えてきたので、それを理由に、女王様プレイは全て断っている。急な彼女の変化に、「麻美様、そろそろご結婚ですか？」などと訊ねる奴隷までいた。佐伯も焦ったのか盛んに連絡してきたが、鬱陶しかったので、麻美は放ったらかしにしていた。

そしてそのような彼女の変化を最も心配していたのは、誰あろう、弟の高貴だ。ほかの男達の誰よりも、幼い頃から麻美を見つめ続けているのである。威厳ある姉の姿を見て育ち、少年時代には姉に虐げられることを夢見て身悶え、青年になってからは実際に姉の調教を受け、もはや麻美にかしずくマゾとしてしか快楽を得ることができないのだ。それなのに、その姉からS女としての威厳が徐々に消えかけてしまっている。高貴が胸を痛めるのも、当然と言えば当然だ。

彼は、麻美のアナルを舐めていて「やめて」と拒否された時から、変だな、と薄々勘づいていた。でもその時は、麻美の「具合が悪いから」、という言葉を素直に信じた。高貴が姉の変化にはっきりと気づいたのは、それから数日後、麻美の部屋を訪れた時に、彼女のその肉体を目にしてからだった。

麻美は以前から胸の豊かな肉感的な身体だったが、色白で筋肉質でないにも拘わらず、男を圧倒する〈強靭さ〉があったのだ。そう、まるでアマゾネスのような。しかし、久し振りに目にした姉の肉体は、服を着ていても、男にしなだれかかる〈媚《こび》〉を発散していた。麻美は相変わらず胸元の開いた洋服を着ていたが、はみ出した乳房は、以前みたいなミサイルの如くではなく、白くて柔らかい脂肪の塊にしか見えなかった。そして何よりも、麻美はもう弟とプレイをすることを避けているようだった。高貴は、それとなく姉を誘ってみたのだが、「ごめんね。……まだ身体が本調子じゃなくて」、とさりげなく断られてしまった。彼は姉の変化を憂い、この数日、麻美に何度も連絡をしていた。

麻美は、今日、はっきりと告げるつもりで、高貴を待っていた。頻繁に電話を掛けてきた弟に、仕事が終わったらマンションに来るよう、言った。

麻美は、深い溜め息をついた。弟を誘惑したのは、確かに自分であるから、責任は感じている。

(でも……)

彼女は思う。

(いつまでもこのような関係を続けていてはいけないわ。どうせ、弟とは、いずれ関係を断ち切らなくてはならないのだもの。……そうでなければ、あのコはもう、普通の恋愛すらできなくなってしまう。あのコのためにも、はっきりと関係を止めたいことを言ったほうがいいのよ……)

その時、インターフォンが鳴った。


テーブルを挟み、高貴は真剣な表情で麻美の前に座った。神経質な彼は、感情が高ぶると顔が青褪め、こめかみがピクピクと痙攣する。麻美は、強張った表情の弟の気持ちを和らげようと、わざと陽気な態度を取ったが、高貴は騙されなかった。そして、口火を切った。

「姉さん……。僕、どうしても姉さんに訊きたいことがあるんです」

高貴の目は鋭く、見据えられた麻美は、戸惑いながら答えた。

「な……何かしら？」

「姉さん、貴女は、僕を捨てようとしていますね？」

麻美は一呼吸置くと、言った。

「あのね……。高貴、捨てるとか捨てないとかじゃなくて、私たちはもともと姉弟……」

「そんなこと、分かってるよ！」

高貴はテーブルを、拳骨《げんこつ》で叩いた。初めて見る弟の激しい態度に、麻美は微かに恐れを抱いた。

「分かってるよ、貴女と僕は、姉さんと弟さ。でも僕は、貴女じゃなくては、もうダメなんだ。姉さん、貴女なんだよ、僕をこんなにしてしまったのは。貴女なんだよ、僕を調教してしまったのは！」

「やめて！」

麻美は両の手で耳を塞いだ。

「姉さん、どうして僕を拒否するの？……誰か、好きな男ができたんだろう？　その男はMじゃないんだね。ノーマルな男なんだね？　分かってるよ、いつかはこういう時が来ると思っていた。……でも、姉さんなら、結婚しても僕を邪険にしないと思っていた。時々会って、可愛がってくれると思っていた。でも、最近の貴女は、変じゃないですか。……調教自体を、僕そのものを、避けているみたいだ。ねえ、何があったの？　姉さん、貴女に何があったんですか？……姉さん、答えてくれよ。答えてよ、姉さん！」

高貴は段々と涙声になり、突然椅子を蹴って立ち上がると、凄い勢いで麻美の足へとしがみついた。

「高貴！　何するの！　やめて、手を放して！……もう、私達は、こういうことはやめるべきなのよ！」

麻美は必死で振り払おうとしたが、高貴は姉の足にすがりついたまま、微動だにしない。彼は涙を浮かべ、「姉さん、姉さん」、とうわ言のように繰り返した。

「いや……。やめて、高貴、痛いわ……」

その時、インターフォンが鳴った。夜の十時を過ぎた突然の来客に、二人は、一瞬身を固くする。高貴は、（いったい誰だ？）というような怪訝《けげん》に満ちた目で、姉を見つめた。高貴の手が緩んだので、その隙に麻美は逃れ、インターフォンへ向かって返事をした。

「……はい。どなた様ですか？」

「お――っす！　俺だよーん！　仕事終わって、家帰っても一人で寂しいから、遊びに来ちゃった。酒買って来たから、一緒に飲もうよ」

竜也だった。麻美は、そっと高貴のほうを見た。高貴は青褪めた顔で、じっと姉を見ている。麻美は、考えた。理由をつけて竜也を追い返すこともできるが、高貴とこのまま二人でいれば逆上した弟が何をするか分からない。竜也を部屋に入れ、現実を見せたほうが良いのかもしれない。竜也は高貴を追い返してくれるだろう。弟はショックを受けるだろうが、荒療治という言葉もある。麻美は、許されない関係のままズルズルと続けるより、スパッと断ち切ったほうがいいのだ。麻美は、竜也に助けてもらうことにした。

「お——い！　聞こえてんのかよ？　お前のご主人様だから、早く開けてくれなきゃ、ダメだよー！」

「ちょっと待って。今、開けます」

麻美は、小走りに玄関へと向かった。

麻美は、弟に竜也を紹介した。Tシャツにダブダブのズボンを穿いた薄汚い恰好の竜也を、高貴は怪訝そうな目で眺めた。顔立ちはまあ良いのであろうが、図体ばかりがやけに大きく、肌にはニキビがある。それにどう見ても、普通のサラリーマンには見えない。

（こんな男が……恋人とは言わないまでも、姉さんの、あの姉さんの知り合いだというのか……）

高貴は、信じがたい思いだった。

竜也は麻美の弟ということもあって、きちんと挨拶をした。高貴は縁なし眼鏡の奥から、見下しきったような目で竜也に言った。

「ふーん。何？　で、君はどういう仕事をしてるの？」

「あ、俺っすか？　俺、肉体労働してるんです。この近くの工事現場で、働いてるんですよ。それで麻美さんとも、知り合って」

竜也は笑顔で言った。麻美は、恥ずかしそうにそっと目を伏せた。

「へえー。肉体労働者さんねえ！　じゃあ、君、大学は出てないねえ」

高貴は厭味《いやみ》たっぷりに言う。麻美はひやひやしながら、弟を見ていた。でも竜也は何も気にならない、といったふうに、明るい口調で答えた。

「ええ、俺、高校も満足に出てないんで。勉強嫌いだったし、ワルだったし。あ、でも今は真面目に働いてんですよ、これでも」

「へえー、マジメな肉体労働者ねえ。……しかし姉さん、何でこんな低俗な男と仲良くしてるんですか？　貴女、正気なんですか？」

竜也もさすがに馬鹿にされていることに気づいたのか、顔の表情が少し険しくなった。麻美は、そんな竜也を横目で見ながら、弟にはっきりと告げた。

「高貴。……私、今、この人とお付き合いしているの。……ねえ、だから、貴男も姉さんに、もうあまり頼らないで……」

麻美は言葉を濁した。高貴は姉の言葉を聞き、逆上して叫んだ。

「付き合ってる！　付き合ってるんだって！　僕の姉さんが、こんな小汚い、中卒の男と！　工事現場で土掘ってる男と！　僕は、一流大学出てるんだよ。最大手の広告代理店に入社して、この若さで仕事だって見込まれているんだ。上司からだって、期待されているんだ。それなのに……何で、どうしてなんだよ！　分かったよ、姉さん、貴女はこんな馬鹿みたいな男のために、僕を捨てようとしているんだな。インテリの紳士然とした男だったら、僕だって我慢できたさ。でも……こんな、カスみたいな男のために……」

目を血走らせ、唇を震わせた弟は異常に見えた。麻美は耳を塞ぐと、やっとの思いで叫んだ。

「止めて！　高貴、お願いよ、もう止めて……。もう、今日は帰って。お願い……。家に帰って……。それに、貴男は誤解しているんだわ。姉さんは、貴男が思っているような、優秀な人間などではないの。高貴……お願いだから、自分の理想を私に押しつけるのは、もう……止めて」

「姉さん！　貴女、何を血迷っているんですか！　貴女はいつだって、僕の前で威厳に満ちて、輝いていなければならないんだ！　それとも……ハハハ、こんな男にそそのかされて、姉さん、貴女、頭が少しおかしくなってしまったんじゃないですか！」

竜也は、この姉弟の関係が、普通ではないことに気づいた。高貴が自分を見る目は、憎しみに満ちた男のそれだ。竜也は、震えている麻美を見て、高貴に言った。静かな、でもドスの利いた声で。

「あのさ……。高貴さん、何があったのか知らないけれど、麻美さん疲れているみたいだから、今日のところはもう帰ったほうがいいんじゃないかな。麻美さんも、『帰って』って言ってるし……」

その時だった。高貴が傍にあった果物用のナイフを摑んで、竜也に襲い掛かったのだ。突然の高貴の行動に、竜也も麻美も、何が起きたのか分からなかった。ナイフがかすって、竜也の二の腕から、鮮血が流れた。麻美は悲鳴を上げた。竜也はその傷を見て一瞬呆然としたが、ナイフを掲げてまたも襲い掛かった高貴の脇腹にパンチをお見舞いし、一発で伸してしまった。

「バカじゃねえのか」

血が滲む腕を押さえ、竜也は言った。麻美は慌てて救急箱を取りに行った。高貴はうずくまり、腹を押さえて目に涙を浮かべ、弱々しく言った。

「僕は、姉さんがいなくちゃ、ダメなんだ。ずっとずっと、姉さんが好きだったんだ。姉さんは、僕を調教したんだ。僕は姉さんの、奴隷だったんだ。……そして、いらなくなったから、僕を捨てるんだ……」

女は、強い男に奪われたいの……

高貴は言葉を詰まらせ、啜り泣いた。竜也は何があったか薄々と分かり、救急箱を持って戻って来た麻美を、じっと見つめた。麻美は、弟とのことが竜也にバレてしまった心苦しさで、何も言葉が発せなかった。救急箱を持つ手は震え、目からは大粒の涙が零れる。その時、竜也が気まずい雰囲気を打ち破るかのように、大声を出した。

「なーんだ、シスコン兄ちゃんかよ！　笑わせてくれるよなあ！」

そして竜也は着ていたTシャツをいきなり脱ぐと、それを引きちぎって腕の傷を塞いだ。彼の浅黒く筋肉のついた逞しい上半身を見て、高貴はギョッとした。

（まるで、野生の獣みたいだ……）

竜也の肉体を見て誰もが感じることを、高貴もまた思った。竜也はニヤリと笑うと、高貴に襲い掛かってはがい締めにし、引きちぎった残りの布で、その手と足をギチギチに縛ってしまった。

「き……君！　い……いったい、な……何をするんだ！」

いきなり縛られて身動きを奪われた高貴は、泣き叫んだ。竜也は挑発的な笑みを浮かべると、麻美の腕を掴み、荒々しく抱き締めて唇を貪った。

「や……やめろ！　僕の姉さんに、な……なんてことを……す……するんだ！」

麻美は恥ずかしがって必死に抵抗したが、竜也に押さえつけられ、もう、されるがままだ。竜也は麻美の唇を激しく吸い上げながら、両の手で彼女の肉体を撫で回した。

「や……やめろ――――ッ！」

高貴は必死で目を逸らして、叫んだ。竜也は麻美の身体を一旦放すと、「うるせえなあ」と言って、高貴の口にタオルを押し込み、その上から包帯をぐるぐる巻きにして完全に塞いでしまった。高貴は身動きも喋ることもできず、ただ「うぐっうぐっ」と情けない声を上げ、涙を溢れさせた。

竜也は、麻美の服を荒々しく脱がせ全裸にすると、自らもズボンを下ろし、高貴の目の前で彼女を犯し始めた。獣のような息遣いで、竜也は麻美の白く艶めかしい肉体を貪る。麻美は初め抵抗していたが、竜也の乱暴な愛撫にどうしようもなく感じてしまい、次第に陶酔していった。

目の前で最愛の姉が野獣のような男に犯されるという、あまりのショッキングな出来事に、高貴は、まさに心臓が止まりそうだった。麻美の尖った乳首を舐めながら、竜也が叫んだ。

「いいか？　よく見とけよ！　女ってのはな、こうやって愛するもんなんだよ！　いい歳こいて、何が『姉さん、姉さん』だ、アホンダラ！　いつまでもいつまでも、姉ちゃんの尻追っ掛けてんじゃねえぞ、薄気味悪りいなあ！　いいか？　女ってのはな、自分で奪ってくるモンなんだよ。……ほら、よく見てろ！」

竜也はそう言うと、激しくそそり勃ったペニスを、麻美の口へと押しつけた。麻美は、弟の前でも、もはや欲望に打ち勝てず、竜也の黒く光る肉棒を美味しそうに音を立ててしゃぶった。高貴は、姉が男の性器を口に入れるなどということが信じられず、その光景を目の当たりにした今、何か悪い夢を見ているのではないかと思った。口の周りを涎で光らせながらフェラチオをする姉は、淫らな肉の塊のように見える。高貴は貧血を起こしたかのように、目の前が暗くなるのを感じた。

竜也は肉棒を麻美の口から抜き取ると、彼女を四つん這いにし、バックから膣の中へと突き刺した。

（姉さん！）

高貴が心の中で、叫ぶ。

(姉さん！　僕の大切な姉さん！)

麻美は竜也の逞しい肉棒をうしろから挿入され、快楽に身をくねらせ、艶めかしく腰を振り続ける。弟に自分の痴態を見られているという、本来ならば恥ずべきことすら、もはやメスへと堕ちた麻美にとっては刺激なのだ。弟に見られているのかと思うと麻美はゾクゾクし、悩ましい声を上げて、見せつけるかのように竜也と交尾をした。

竜也の逞しい腰が激しく打ちつけられるたびに、麻美の豊かな乳房はプルプルと揺れ、まるで、本物の動物のまぐわいのようだ。高貴は目の前のあまりにも生々しい光景に、心の中で激しく拒絶しながらも、目を逸らすことができなかった。

「ああん。……あっ……ああん」

麻美は、高貴が今まで聞いたことも無いような甘えた声を上げて、快楽に身を委《ゆだ》ね、竜也に犯され続ける。弟が目に涙を溜めてじっと自分を見つめていることに気づくと、麻美は艶めかしい表情で、口元に涎を光らせて言った。

「……ごめんね、高貴。……姉さん、もう、こんなになってしまったの。……ごめんね……」

竜也は、麻美の膣から肉棒を一旦引き抜くと、妖しい笑みを浮かべた。そして高貴に向かい、挑戦的に言った。

「さあて、じゃあこれから、こいつのケツの穴にぶち込んでやるかな。麻美女王様は、今じゃアナル名器の、俺の大切な愛奴だからな！」

高貴を挑発するかのように言うと、竜也は麻美の白い尻を摑んで、徐々に猛った肉棒を埋めてゆく。もはや弟のことなど眼中にないかのように淫らに腰を振る麻美を見ながら、高貴は（姉さん、姉さん！）、と心の中で絶叫していた。初めて見る、こんなにも浅ましい姉の姿に、彼の心はショックで張り裂けてしまいそうだ。でも、高貴は、姉の麻美から目が逸らせないでいた。

竜也の肉棒が根元までアナルに突き刺さり、麻美は身をくねらせて可愛らしい泣き声をあげた。


高貴は心の中で頑として拒絶しながらも、その股間を激しく疼かせていた。ズボンの前は膨れ上がり、ペニスの先から溢れる液は、ブリーフを通り越してズボンにまで染み通った。麻美の官能に悦ぶ喘ぎ声が、部屋に響き渡る。

――高貴にとって、こんなにも浅ましく、でもこんなにも妖しく悩ましい姉の姿を見るのは、初めてのことだった――。

ペニスは擦らずとも、自然に暴発してしまいそうだ。そして高貴は激しい屈辱の中で、自分がますます、淫らに美しく輝く姉の虜になってゆくことを感じていた。

この作品は書き下ろしです。原稿枚数３１５枚（４００字詰め）。

GENTOSHA OUTLAW BUNKO

獣《けもの》に抱《だ》かれて

黒沢美貴《くろさわみき》

平成15年8月5日　初版発行
平成18年12月30日　4版発行
発行者――見城　徹
発行所――株式会社幻冬舎
〒151-0051東京都渋谷区千駄ヶ谷4-9-7
電話　03(5411)6222(営業)
　　　03(5411)6211(編集)
振替00120-8-767643
印刷・製本―中央精版印刷株式会社
装丁者――高橋雅之

幻冬舎アウトロー文庫

ISBN4-344-40419-X　C0193　O-60-2